中村江里子の

わたし色のパリ

JN270836

毎日一つ、二つの
小さな幸せを
見つけていきたい。

はじめに

気がつけば、フランス生活も8年目に突入しました。パリに住み始めた時に出会った日本人の方々の多くが、パリ在住7年目、10年目、15年目…。スラスラ出てくるフランス語を横で聞いていて、「すごいなあ」と思っていました。

そんな私も、もう在仏8年。でも8年経っても、まだまだ知らないことばかり。まだまだ驚くことがたくさんあります。時には、「もう、イヤ～ッ！」と叫びたくなるようなこともありますが、暮らしてみないと、こんな経験もなかなかできるものじゃないと考えれば、いやだと思ったことさえもなんだか楽しく感じられてきて、笑顔になってきます。

パリでただいま発展途上中の私ですから、今回綴ったことの中でも、パリやフランス、フランス人に対して〝思い込んで〟しまっていることもあるかもしれません。

これから年齢を重ね、子どもたちの成長に応じて、必要な学校制度や社会制度も知りながら、経験を重ねる中で学ぶべきことが多く出てくることでしょう。今回のこの本では〝今の私〟が感じていることを正直に書かせていただきました。

日本のことでも、フランスのことでも、数年前には気がつかなかった長所、短所に、今だからこそ気がつくことがある半面、今は疑問に思ったり、感動できたりしていても、数年後には当たり前のように感じていることがあると思います。

毎日娘から、フランス語の発音を直され、私の知らない新しい単語の意味を教えてもらっています。今年40歳になる私は、フランスでは幼稚園生のようなもの。自分が〝まだまだ〟やるべきことがたくさんあることに感謝する日々でもあります。

一昨年刊行した『毎日のパリ』に続く2冊目です。私は、少しは成長しているのでしょうか？　お読みいただいた皆さんに、いいところも悪いところも含めて、今の私が紹介できるフランスの魅力が少しでも伝われば、うれしいと思っています。

２００９年３月

中村江里子

Chapitre 1　Vivre en France

フランスで暮らすということ

Chapitre 2　Confortable

私の好きな心地良さのために

Chapitre 3 L'Épouse, la Mère, la Femme

妻、母、そして女性としての毎日

Chapitre 4 Le caractère des français

フランス人気質に触れて…

Chapitre 1
Vivre en France

フランスで暮らすということ

日本が好き、フランスが好き

淡泊で、あっけらかんとした好人物

日本はやっぱりいい！　日本人もやっぱり素敵！　結婚と同時に日本という国を離れてみたら、すっかり日本ファンになってしまいました。「隣の芝生は青い」とよくいいますが、本当に離れることで、その良さが際立って見えてくるのです。

なんといっても私たち日本人は〝人がいい〟と思います。

他の国々と違って民族同士の争いがほとんどない。もちろん、長い日本の歴史の中で、同じ日本人同士でも、政治や思想の違いなどで争うことはありました。でもそれが現在に至るまで続いているわけではなく、そういった意味でも、日本は平和な国なのです。

一九七一年に発行された『司馬遼太郎対談集　日本人を考える』という本があります。司馬遼太郎さんと各界の識者の方たちとの対談をまとめたもので、その中に収録されている犬養道子さんとの対談をとても面白く拝読しました。

さまざまな用例を出しながら「日本人」についてお二人で対談をされているの

何気ないパリのこんな風景が好き…。

我が家で行われた、
カクテルパーティ。

ですが、お二人が繰り返し、「日本人は淡白で、あっけらかんとした好人物…」とおっしゃっているのです。「本当にそのとおり！」と思ってしまいました。

その中にすっかり入り込んでいると、意外とわからないものなんですが、日本人は、基本的にみんな穏やかで、気遣いの達人。何事も平和にうまくまとめようと誰もが努力する。裏返せば、人の顔色をうかがっているとか、みんなと一緒じゃないと安心できないとか…、そんなふうに考えることもできますが、すべてのことは表裏一体。その時々で、自分の思うように受けとればいいのです。

私とＭｏｎ Ｍａｒｉ（＝私の夫）のシャルル・エドワードの知人で、仕事や観光で日本を訪れたことのあるフランス人の多くが、「日本と日本人に恋をした」といっています。

話を聞いてみると、英語で道を尋ねたら、相手の日本人が英語ができなかったのだが、わざわざ目的地まで連れて行ってくれたとか、落とし物をしたら、ちゃんと届けてくれたと彼らはいいます。そう、私たちにとっては当たり前のことが、彼らの胸を打ってしまうのです。

日本は、サービス天国とつねづねいわれるぐらい、すべての面でのサービスがきめ細やかで行き届いていています。そのサービスも「相手が望むことを叶えてあげ

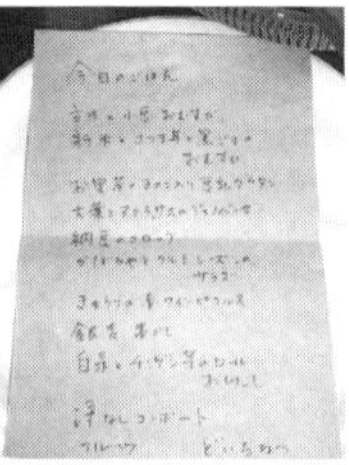

左：日本のケータリングシステムが大好き！お品書きです。
右：見た目もお味もとても満足。幸せでした。

よう」という、優しさでもあるわけです。フランスから日本に行くと、それが心地良くもあり、また同時に「ちょっとやりすぎでは？」と正直思うこともあります。でも、今こうして原稿を書いていて感じるのは、それが〝日本人〟なんだということ。だから、かゆい所に手が届き切っている素晴らしい商品が豊富にあり、また世界からも認められているのだと思います。

フランスに住むようになってから、ますます日本が好きになり、日本人であることに誇りを持っています。生まれ変わっても、もちろん日本人になりたい。ただし、できることなら6カ国語くらい話せる日本人になりたいものです。

フランス生活8年目に突入！

そんなふうに、日本大好きな私だけれど、昨年の夏、およそ1カ月半東京に滞在していたら、パリの私たちのアパルトマンが無性に懐しくなってきてしまいました。

居心地のいい東京のはずなのに、そろそろパリに戻ってもいいかな？　と思ってしまったのです。

じつは、私の友人や知人たちがパリを訪れると、なぜだかみんな口を揃えて同

東京で訪れたカフェで出てきたカフェオレ。きれい！　こんなサービスがあるんですね。パリでは見たことがありません！

じことを私にいいます。

「えりちゃん、パリのほうがずっと生き生きして、いい顔しているね」と。

私自身は、とっても不思議。一体、何が違うのでしょうか？　生まれ育った東京には、家族も友人もいます。パリと違って24時間営業のコンビニもあるし、宅配便は細かい時間指定ができるし、お寿司や中華料理・ピザなどのデリバリーも充実しているし、何かが壊れた際の修理も迅速です。生活も便利で何より、フランス語を使う時のように頭を使わなくても自然に言葉は出てきます。いつも慌しいけれども、東京ならではの慌しさは嫌いではないし…。

ずっと考えているのですが、答えはまだ出ていません。でも私にとって、みんなから、「パリで生き生きしている」といってもらえることは、とてもうれしいことで、パリでの生活に自信が持てるようになりました。

国に限らず、長く住み慣れた土地を離れて、別の場所へ移った時、まずその場所を好きになれないと、生活していくのに苦痛を伴います。幸い私は、もともとパリが好きでしたし、住み始めて、良くも悪くもさまざまな発見をしてきましたが、やはり今でもパリが好きなんです。

道ですれ違いざまに目が合った人やエレベーターで乗り合わせた人と気軽に

麻布十番のお祭りにも
参加しました。

「ボンジュール」といえたり、カフェで隣に座った人とすぐに始まるちょっとしたおしゃべりの魅力は、日本にはないものです。

メトロ（地下鉄）の音楽家たち、エッフェル塔のイルミネーション、凱旋門にかかるゆったりと風になびいているフランス国旗、たくさんの美術館やギャラリーもとても好きです。

パンやカフェの香り、路上のギュウギュウ縦列駐車、リード（紐）なしで、ゆったりと飼い主と散歩している犬たち、公園の緑、落葉のじゅうたん、マルシェ

上：お祭り好きの私。家族で行った深川の水掛祭。
下：やはり美しい日本の秋。富士山の素晴らしさは年齢を経るごとに強く感じます。

で買う土のたくさんついた形の悪い野菜たちといった日常。優しくて親切な近所の方たち、冬の快晴の日の指先や耳が痛くなるほどキーンと冷えた空気、時々うんざりもするけれど、終わることのないフランス人のおしゃべり…、などなどすべてに愛着を感じてしまいます。

まだまだいくらでも出てくるフランス、パリの好きなところ。誰もが「素敵」と思う部分はもちろんのこと、「日常」の中で愛着が増していった部分もたくさんあるのです。

そしてなんといっても、シャルル・エドワードはフランス人、二人の間の子どもたちは半分フランス人。

フランス…嫌いになるわけがない国なのです。

「フランスなんてもう、嫌だわっ」と思った時期も、じつはありましたが、それはきっと誰もが経験する〝ハードル〟だったのでしょう。

というわけで、フランス生活、8年目突入！　8年目なのに、私のフランス語はまだまだパーフェクトとは言い難いものです。この点に関しては課題が残る私なのです。でも、まず、異国で暮らすにはその国や人、空気を好きになることからですものね。

「求めすぎない」がフランスで快適に暮らすコツ

あきらめるのではなく、流れに任せてみる余裕

パリに住み始めた頃はとにかく必死でした。というのも、言葉はわからないし、文化や習慣は日本と大きく違うのですから。

フランスでの生活を夢みていたわけではなく、もちろん、日本以外の国に住むことになるなんて予想したこともありませんでした。だからこそ、フランスで始まった新生活の中で見聞きすることを、すべて素直に「フランスって、こういう国なんだ。フランス人はこうなんだ」と受け入れることができていたのでしょう。

けれども時間が経つにつれて、私の中で徐々に変化がおきたのです。生活に慣れ、言葉も友人とのちょっとした会話や生活に必要な会話ができるようになってきた頃、ちょうど結婚して2年くらい経った時から、日本とはあまりに違うフランスという国に、そして人に対して怒ることが増えてきたのです。

当時は怒って、イライラしていたけれども、何度も同じことが続けば、怒ってばかりいてもしょうがないことがわかってきます。そうすると、最初から期待をしなくなるもの。それはあきらめではなく、快適に暮らす上での「知恵」なのです。こうして現在は、よりフランスの暮らしが板についてきたように感じます。

フランスはなんといってもサービス面では遅れています。逆のことをいえば日本がサービス天国なので、比較をしてしまうとショックなことが多すぎる…。

たとえば、テレビの修理の人が朝8時に来るというので待っていたのに、待てど暮らせど誰もやって来ない。ようやく12時頃になって来てくれたと思ったら、部品が足りずに、翌日また来るなんていうのは当たり前。

またある時は、荷物の不在通知が入っていたので、翌日の午前中に届けてほしい旨を伝えると、「いつになるかわからないから、とりあえず一日、家にいて下さい」との返事。大切な物だから待つしかありません。

スーパーのレジ係の女性。ガムをかみながら、お隣のレジの女性と世間話。まあ、打ち間違いなく終えてくれればいいか、と思うことに…。

タクシーの運転手さん、機嫌の悪い人の車に乗り合わせると、挨拶も返してくれず、行き先を伝えても返事なし。うわぁ、悪い人にあたっちゃったぁ、と気づいた時には、心静かに、別のことを考えることにします。機嫌をそこねて、運転が荒くなるのは避けたいですから。相手をイラ立たせないこと、そして安全に目的地に着けばいいと必要以上のことは望まないようにします。

郵便局は30分は待たされることを最初から覚悟して行く。そうすれば、すぐに対応してもらえた時にはとても得した気分になれるものです。

他にもたくさんあるけれども、もちろん、最近気づいた良いことだってたくさんあります。まず妊婦さんや子ども連れには誰もが笑顔で優しいのです。ご老人や学生さん、若い男性にいたるまで。だから、子どもを産んでからのほうが私はいろいろな人の優しさに触れる機会が増え、道を歩いていても、気がつけばついつい顔がほころんでいます。

また、話し好き、議論好きなので自分と違う意見の人の話も、興味を持って耳を傾けてくれるので、うれしくなります。そして、老若男女を問わず、自分の意見やスタイルを持っている人をリスペクトする姿勢があります。

だから、私はフランスに住むようになって随分とおしゃべりになったと家族や友人たちにいわれています。黙ってニコニコはまったく通用しない国ですから。

そして、せかせか、イライラすることもなくなり、なんとかなるわ、待っていればいずれ終わるでしょうと、何事に対しても余裕を持てるようになった気がします。不思議ですね。

フランスでのパパとママの役割分担

パパの意識は最後のところは万国共通？

家庭においてパパとママの役割ってそれぞれだと思います。日本ですと、日々の生活の細かいことはママ担当。ここぞという時の決断はパパ担当。子どもたちのしつけも、どちらかというと、ママが口うるさくいうことが多いイメージがあります。

フランスでは明確に役割の違いはないでしょう。母親も仕事をしている家庭が多いですから、家事も子育ても〝できるほうがやる〟というスタンス。

たとえば幼稚園の朝のお見送りの風景。パパ率が驚くほど高いのです。娘のナツエが通う幼稚園のお見送りは、半分の割合でパパといっても過言ではないくらい。我が家でも朝は、彼が娘を連れて行ってくれることのほうが多いです。特に雨の日はとっても助かっています。息子をベビーカーに乗せて、傘をさして娘の手を引いていくのは大変なので…。

友人たちを見ていても、しつけをママ任せにしているパパはいないような気がします。お食事のマナー、言葉遣い、挨拶、お行儀…いずれも自分たち二人の子どもなんだから、二人で考えて育児をしていくということなんでしょう。

もう何年も前のことになります。私たち二人にまだ子どもがいなかった時、土曜日に仲良しのパトリスファミリーとランチをすることになりました。ところがランチに来たのはパパであるパトリスと、まだベベ（赤ちゃん）だった息子のフエリックスだけ。

「ソフィーがとても疲れていたから、気分転換に今日は一人にしてあげたんだ」

と。

当時は「パトリス、なんてすごいの！」と思っていましたが、今では恒例となった友人たちとの日曜日のランチは、パパが二、三人の子どもを連れて一人で参加するということも多く、その間に、ママは自由にお昼寝したり、一人の時間を楽しんでいるようです。フランスのパパたち、頑張っているでしょ？

やれることはできるほうがやる…そのほうがお互いに楽ではないでしょうか。

我が家では、仕事の都合で私が一人で日本に帰国している間、シャルル・エドワードが一人で1週間あまり子どもたちの面倒をみてくれたことがありました。もちろん、仕事があるので、シッターさんにお願いしましたが、お食事、お風呂、寝かしつけ…なんとか乗り切っていましたね。

とはいえ、友人であるイギリス人のヨスラや、イタリア人のバルバラと話をしていて、みんなで一致した意見があります（ちなみにみんなのＭｏｎ Ｍａｒｉはフランス人です）。

それは…。

「男の人って、『困ったらいってよ。いつでも手伝うから』っていっておきながら、こちらが家事と子どものことで手一杯の時にかぎって、のんびり新聞や雑誌を読んでいたりするのよね。大声で何回も呼ばないと、聞こえているかいないのか顔を上げてもくれない。しかも、そのことで文句をいうと『何をいっているんだ。僕がいつも買い出しをしているじゃないか』って、逆ギレするし…。だったら最初から手伝うっていわなきゃいいのにね…」

きゃあ～うちも同じと三人で大盛り上がり。家事や育児は、いくら「できるほうがやる」という姿勢とはいえ、やっぱり女性のほうがノンストップで、やることが次から次へと出てきます。

みなさんも納得でしょう？

ママの24時間を考える

ママというのは、なんて素敵でHAPPYで、そして…大変なんでしょう！　その大変さは、その時々で形を変えていくということもよ〜くわかっているつもり。でも、やっぱり、いつもHAPPYと感じていられたら最高ですね。

間もなく5歳になる娘と2歳になる息子。アメリカでは「TERRIBLE TWO（テリブル　トゥー＝大変な2歳）」という言葉があると、随分前にニューヨークに住む義姉から聞いたことがありますが、なるほど。

そして、最近、やはりニューヨークに住む妹から、

「えりちゃん、こちらではANGEL FIVE（エンジェル　ファイブ＝天使の5歳）っていうらしいよ。あとちょっと、お互いに頑張ろう」

というメールがきました。

妹の長女は、私の娘と誕生日が6日違い。自分でいうのもなんですが、三人きょうだいの我が家はみんな仲良しです。妹と同時期に妊娠した時には、周りの人たちから、「仲良しだからねぇ」と妙に納得されたことを今でも覚えています。

今、何が大変かというと、とにかく体力を使うこと。

子どもたちの尽きることのないエネルギーに感動し、健康であることに心から

感謝し、でも一日の終わりにはヘトヘトに力尽きている私がいます。原稿書きやメールチェック…。やらなければならないことはすべて「明日にしよう」と後回しにしてしまうことも…。まずは寝て、体力を回復させることが先決と思いながら、翌日もまたその繰り返し。

もっと上手に時間を使えればなぁと思わずにはいられません。他のママたちはどうしているのかしら？

でも、どんなにしんどくても、どんなに自分の時間がなくても、子どもたちと一緒にいられる時間は、心が穏やかになり、こんなに平和な時間ってあるんだぁと、しみじみ思います。

今、私の横で息子のフェルディノンが絵本を読んだり、東京の家族の写真を見ながら一人でおしゃべりをしています。

絵本のページをめくるたびにどこかを指さして、「ママ、あっ（これを見て、といいたいのでしょう）」と話しかけられ、私の後ろのカーテンに隠れたり、棚の上の大切な漆器の入れ物を持とうとしたりします。そのたびに原稿を書く手は止まるけれども、なんていい時間なんだろうと、ついつい笑顔に…。

そして、娘の言葉にウルウルさせられます。

娘のナツエは、よその人に会うたびに「私のママ、優しいのよ。それにすごくきれいでしょ！」と、私に抱きつきながら、そういってくれるのです。

他の人が私のことをどう思おうと、私が子どもたちにとって一番であり、大好き、愛してるって思ってもらえる存在ならば、それでいい！

私はママとして24時間、そんなことばかり考えています。

そして、〝5歳〟の娘が私のことを思ってくれるのと同じように、〝40歳〟になった私が、65歳の私のママのことを、ずっと変わらずにそう思っていることに、改めて驚いたりするのです。

新米ママ奮闘中です！

ママは子どもに育てられる…。

まだまだ私は新米ママです。

毎日自己嫌悪になるくらい子どもたちを叱ってばかりいたり、何十回もキスをして抱きしめたり…試行錯誤を繰り返しながらも子どもたちの成長に感動しつつ、あっという間に一日が終わります。

娘が生まれた時から「今が一番楽しいんだ」と思い続けて5年が経ちました。つまり子育ては、文句なしにつねに楽しいのです。

娘のナツエと息子のフェルディノン、二人がこれからどんなふうに成長していくのかまったく想像ができませんが、今の二人のまま、いつも機嫌よくＨＡＰＰＹでニコニコしていてもらいたいと願います。

じつは私は育児書の類は一度も読んだことがありません。参考になるのはわかっているのですが、一度インプットされた情報は、私の場合、自分の中でそうしなければいけないような気になってしまいます。

娘の誕生日パーティです。
４歳になった時の写真です。

NATSUÉ

また、子どもたちのキャラクター、そして両親のキャラクターによっても子どもへの対応の仕方はそれぞれ変わってくると思うのです。
そこで、私の場合は、子どもたちに対して何を意識しているのか、何を求め、どう育ってほしいのかを自分自身でも改めて考えてみるために、箇条書きにしてみますね。

○「ありがとう」、「ごめんなさい」がきちんといえる人になってほしい。
○お年寄りや自分より小さい人たち、弱い人たちを思いやれる優しさを持ってほしい。
○音楽と本を好きになってほしい。
これはシャルル・エドワードがいっていたのですが、「音楽と本があれば人間は一人ではないから」と。

子どもたちに対しては、今はこれだけ。
そして、親である私が実践していることは…。

○子どもも一人の人間として、話をする。
つまり、たとえば何かいけないことをしてもいきなり怒るのではなく、何度も何度もそのいけない理由を説明する。
○子どもの質問には、そのつど、そのつど、きちんと答える。
今、娘はそういう年頃なのか、同じ質問を何回もずっと繰り返します。私は毎回、しっかりと答え続けるのです。かなり疲れますが…。
○とにかく、ほめる。ほめて、ほめて、抱きしめる。
○子どもとはできるだけ日本語で話す。
子どもたちに日本語を話してもらいたいし、日本語を好きになってもらいたいから。
○好き嫌いなくなんでも食べられるようにお食事を工夫する。
しかし、今のところ、息子はまだまだ課題が多いです。
○ゴミを道に捨てない、使った物は自分で片づける。
「えっ!?」と思われるでしょうが、フランス人は道にタバコの吸い殻やガムや紙くずなどポイッと気軽に捨てるので、子どもたちに真似をしないでほしいのです。

○あまり〝特別〟な日をつくらない。

寝る時間、起きる時間、お食事、おやつ、散歩…。とっても規則正しい生活をしているので、親である私が、自分の都合ですぐに「今日は特別」というもの習慣を変えたりはしないようにしています。〝特別〟は本当に特別な日のためにとっておくのです。

他にもいろいろあるのですが、きりがなくなりますし、一番大切なのはこれくらいなのでこの辺にしておきましょう。

もしかしたら先輩ママたちから「そんなんじゃまだまだダメよ！」といわれてしまうかもしれませんね。でも、しばらくは自分の感性を大切に、私流で子育てに奮闘してみます。

息子がささやいてくれる甘い言葉

この本が出版される頃には息子のフェルディノンは2歳になっています。息子はここのところ急激にいろいろな単語を口にするようになっています。

私は子どもたちに日本語で話しかけているので、息子も口にする単語の多くは日本語のようです。ただ、私がついついフランス語でいってしまう言葉、ドド（ねんね）、ビブロン（哺乳びん）、ドゥドゥ（人形）などは、やはり息子もフランス語でいっていますが…。

男の子のいるママたちと話していると、とにかく男の子はママにべったりのようです。いろいろな国のママたちに聞いてみたところ、これはもう、万国共通です。そしてフランスでは言葉を話しだすと、毎日のように息子がママに向かって甘い言葉を投げかけてくれるのだそうです。

私が日本語に訳してしまうと、今ひとつ、そのかわいらしさが伝わらないかもしれませんが…。

「ママ、ママのこと愛しているよ」「ママは世界で一番きれいだね」「ママ、今日もかわいいね」「あ〜愛しいママ！」…といった感じでしょうか。

それも、ママの頬や髪をなでながらいったりすることもあるようで、我が息子もこんなことをいってくれるようになるのかしら？　と、今から楽しみにしているところ。

でも、こんなセリフを幼稚園くらいの子どもたちがテレビで覚えていっているとは思えません。ということは、パパがママにいっているのを見たり聞いたりしているうちに、「ママに対してはこういうものだ」と解釈をしたのでしょうか？

確かなことはわかりませんが、子どもたちは両親の様子をとてもよく観察して学んでいるように思います。

娘がまだ2歳頃の時のことを思い出します。二人でお散歩をしていて、娘が道で急に走り出したことがありました。「ナツエ、ダメよ！　危ないわ！」と大声で叫んで私が走り出そうとしたら、様子を見ていた6、7歳ぐらいの男の子が「ボンジュール、マダム。僕が連れてきてあげましょうか？」といってくれたのです。

私もとっさに、「お願い！」。

男の子は娘を追いかけて優しく話しかけ、手を引いて私の所まで連れてきてくれたのです。

「メルシーボクー（どうもありがとう）」

「いえ、大したことじゃないですよ、それでは良い一日を！　マダム」

私…。ポーッとしてしまいました。ルックスもとってもかわいらしい男の子だったけれど、なんて礼儀正しいのかしらと。

パリに住む日本人の知人がいっていました。「こちらの人たちって、どんなに小さい子どもに対しても大人のように接するのよね。女の子をほめる時には女性をほめるように、男の子をほめる時は大人の男性をほめるように、ね。子ども扱いしていないと思わない？」と。

ある日、我が家で雑誌の撮影をしていた時のことです。やはりパリ在住の日本人の女性の方に同じようなことをいわれました。

「江里子さん、お子さんたちと話す時、大人に話すようにきちんと話すんですね。全然子ども扱いしていないんですね」と。

無意識のうちにそうしていたので私自身気づいていませんでしたが、子どもたちは自分たちに向けられる言葉からも、多くのことを吸収していて覚えているのだと思いました。そして自分がされて、いわれてうれしかったことを私たちに伝えてくれているのかもしれません。親の責任は重大だと感じています。

フランスのママたちの心強い味方「ヌヌ」

働くママの子育ては、ママとヌヌの連携プレー

フランスでは、「ベビーシッター」よりも、存在としても言葉の上でも「ヌヌ」がとてもポピュラーです。ヌヌは略称で、正式には「NOURRIS（ヌゥリス）」。乳母や自宅で子どもを預かる保母さんのこと。

フランスでは子どもがいても、仕事をしている女性の割合が先進国の中でも高いことはよく知られていることだと思います。

二、三人、時にはそれ以上の子どもがいながら、仕事を続けていくのは、簡単なことではありません。とくに子どもが小さいうちは…。

フランスが先進国の中でも出生率が高く、2008年の出生率は、二・〇二人でヨーロッパ一位に達しているそうです。また仕事と育児と家事とを両立できるのは、法制度などによって女性が働きやすい環境にあるからというのももちろんなのですが、ヌヌの存在も大きいのだとフランスに住み始めてわかりました。

お手伝いさんやヌヌは、日本で想像されるほど特別な存在では決してありませ

ん。もう少し身近な存在です。

たとえば私が会社勤めをしているとして、勤務時間は朝9時から夜7時としましょう。

娘を幼稚園に送っていって、家に戻ってきたら、そこにヌヌが到着。まだ幼稚園に行けない年齢の息子を預け、私は入れ違いに仕事に出る、ということになります。各家庭によって違いますが、幼稚園や小学校に通っている子どもたちをヌヌがまず11時半に迎えにいって、家に帰って家でランチをさせて、ふたたび1時半に幼稚園に連れていくというパターンもあり、こういった場合は、ヌヌが食事をつくっているようです。

そして、夕方、息子を連れて娘を幼稚園に迎えに行ってもらい、そのまま公園に連れていって遊ばせてもらい、帰宅後はお風呂、食事を食べさせることまでをしてもらいます。いわゆる第二のママみたいなものです。

さらに、多くのファミリーでは、子どもの昼寝中など手の空いた時間には、お掃除など、家事の手伝いもお願いしているようです。夕食も、ヌヌがつくることが多いようです。「ヌヌがとっても料理上手な人なのよ」といっているママもよくいます。ちなみに我が家がベビーシッターさん（43ページ）を頼む時は、食事はもちろん、こちらで準備をしておきます。子どもたちが幼稚園や学校に行くようになると、ヌヌのお仕事はお迎え時間の夕方4時以降から、仕事に出ている両親のどちらかが帰宅するまでの7時、8時頃までとなるようです。

日本ですと、この第二のママの役目を、おばあちゃんが担当することが多いのでは？　フランスの他の地域はわかりませんが、パリではおばあちゃんが孫の面倒を見る姿はあまり見かけません。

さて、娘の幼稚園や公園で顔を合わせるヌヌたちの国籍ですが、フィリピン、モーリシャス、アフリカなど多岐にわたっています。私が公園や道でよくおしゃべりをするヌヌたちはモーリシャスの人が多く、しかも彼女たちは、一つのファミリーで長くお仕事をしています。

そのうちの一人、6歳半と4歳の男の子を預かるヌヌは、上の男の子が生まれた日から仕事をしていると聞きました。信頼できるヌヌがいるから、母親は安心して仕事ができるのです。

ヌヌは、ファミリーのヴァカンスや海外滞在へ一緒に行くこともあるので、家族の一員のような存在でしょうか。しかし、家の鍵までも預けてしまうわけですから、そこまでお任せできる良い人を見つけるのは大変です。

息子を連れて公園で遊んでいた時、見知らぬ一人の妊婦さんに話しかけられました。

「もうすぐ出産なのですが、どなたかいいヌヌ、ご存知ないですか？　すぐに仕事に復帰したいのです」と。

残念ながらお役に立つことはできませんでしたが、彼女が良いヌヌに出会えているといいなと思います。

ちなみに我が家はヌヌはいません。時には倒れそうになるようなバタバタも、限られた期間のことなので楽しんでいます。つねに家にヌヌがいてくれれば急な用事が入っても外出できるので心強いとは思うのですが、私の場合は何よりも、つねに他の人が家にいる状態ということに、気疲れしてしまいそう。

でも、いいヌヌに出会えたら、考え方が変わるかもしれませんね。

フランスの友人たちのほとんどは「エリコのためにヌヌを見つけるべき！」といってくれますし、シャルル・エドワードも「家計をやりくりして誰か頼もうよ」といいます。ヌヌは、フランス人の「育児をする女性への思いやり」の象徴ともいえるかもしれません。

「ヌヌ」と「ベビーシッター」の微妙な違い

ベビーシッターは女子学生の伝統あるアルバイト

「ヌヌ（39ページ）」と「ベビーシッター」の違いは？　単純にヌヌはフランス語、ベビーシッターは英語だということ。たぶん、明確に違いがあるわけではなく、人によって「ヌヌ」といったり、「ベビーシッター」といったり呼び方が違うだけのことかもしれません。

でもフランス人と話をしていて、私なりに「ヌヌ」と「ベビーシッター」を区別して使うようになりました。

ヌヌというのは41ページで書いたようにほとんどファミリーの一員として、その家族と密接なつながりのある存在だと思うのです。一日中あるいは半日、場合によっては週5日、時にはヴァカンスにも付き合って、子どもたちと過ごしているのですから。

一方ベビーシッターはスポット参戦。友人たちが「ベビーシッターは…」と話す時は、たいてい夜の外出時に頼んでいる人のことを指すケースが多いと思います。

ちなみにベビーシッターはフランスの女子学生の中で、もっともポピュラーなアルバイト。学校が終わった後に気軽にできる環境ができあがっているのです。気軽にといっても、子どもたちを預かっているのですから責任は重大。たとえば我が家では、ベビーシッターをお願いするのは、私とシャルル・エドワードが夜、ディナーなどの約束で外出する時となります。ですから、ベビーシッターが来る前には子どもたちを寝かせてしまいます。たいてい外出は夜の9時以降なので、それが可能なのですが…。

ベビーシッターさんは私たちのいない3、4時間の間、テレビを観たり、本を読んだり、勉強をしていたり…自由な時間が過ごせます。もし子どもが起きたら、その時にそばにいてくれればいいのです。

日本ですと、ベビーシッターをお願いする時には派遣会社に依頼をしたりして、専門の会社を通すのが一般的ですよね？　なかなか、個人にお願いをすることがないと思いますし、ましてや学生のアルバイトということもあまりないことだと思います。フランスとはまったく違います。

「学生のアルバイトで大丈夫なの？」と、きっとみなさん心配されるでしょう。

でも、フランスではベビーシッターというのは脈々と変わらず受け継がれてきた、歴史ある学生のアルバイトです。ママたちのほとんどは、自分自身がアルバイトでベビーシッターをしていた経験のある人たち。彼女たちがママになっているわけですから、自分の後輩ともいえるベビーシッターさんに不安を感じている人はいないようです。

むしろ、たくさんの子どもたちの扱いに慣れているベビーシッターたちは新米ママよりも育児に慣れている場合が多いくらい。

とはいえ、お願いするにはまるで知らない人より知っている人のほうがいいということで、基本は信頼ができる友人同士での口コミや、知人となることが多くなります。我が家で以前までお願いしていたのは友人のお嬢さん、近所のお花屋さんのお嬢さん、管理人さんの息子さんのフィアンセ…といった人たちです。安心して出かけられる感じがしませんか？　みんな年齢は18歳から23歳でした。

若いお嬢さんたちなので、夜、私たちが帰宅をすると、すぐにシャルル・エドワードが彼女たちを家まで送り届けていました。たいてい、日付はとうに変わっていますから、送っていけないくらい疲れてしまった時やアルコールを飲んだ時には、タクシーに乗って帰ってもらうのがマナーです。

でも、これまで頼りにしていたお嬢さんたちは、残念ながら、みんな仕事を始めたり、勉強が忙しくなったりで、お願いできなくなってしまいました。しかし、今は、なんと日本で長年お世話になっている方のお嬢さんが、パリで勉強をしているため、時々ベビーシッターをしてもらっています。最強でしょう？

基本的に、土曜日は隣のアパルトマンの管理人さんに、夜や仕事の都合でウィークデイにシッターさんが必要な時は、この知人のお嬢さんにお願いをする、というのが最近の我が家のスタイルです。

ただ、管理人さんに子どもを見てもらうというのはとても珍しいことのようで、日本の友人たちにはもちろん、フランス人の友人たちにも驚かれます。温かな近所付き合いは、今ではどこの国でもなかなか難しいようです。

通りに面した、他のアパルトマンの管理人さんたちとも、子どもたちは仲良しなので、私たちはとても人に恵まれているなぁ、と感じています。

近所のカフェで
くつろぎのひととき。

土曜の午後はデートの時間⁉

「川の字」はフランスでは離婚の始まり⁉

フランスという国は、大人と子どもの間にはっきりと線引きがされています。日本はカップルの間に子どもができると、子どもが生まれたその日から、子ども中心の生活になりませんか？　フランスは子どもが生まれたって、大人の時間、大人同士の空間を持つことを、とてもとても大切にしています。

日本で子育てをしていない私は、そのフランススタイルに比較的早く馴染んだと思っていますが、やはり日本人の血は変えられない。時々、あまりにも大人の時間などに固執するフランススタイルに反発を覚えることもあります。

一番わかりやすいのは、寝室の話でしょう。一般的にフランスでは、両親と子どもたちの寝室は別です。それは、オギャーと生まれて産院から戻った日からスタートします。

日本の友人たちに聞くと、親子みんな同室で川の字になって寝ていたり、ママと子どもたちは同室でパパだけが違う部屋というスタイルが多いようです。フランスでそんなことをしたら、離婚問題に発展するでしょう。大げさではなく。

最近、こんなことがありました。

午前4時頃、目を覚ました娘が「ママ」といって私たちのベッドに来ました。「ママと一緒に寝たい」と。私は抱きしめて、私とシャルル・エドワードの間に寝かせました。子どもの寝息を聞いているだけで幸せになりますよね。

1時間くらい経ったのでしょうか。ふと目を覚ました彼が、間に娘がいることに気づいて驚いて娘を抱き上げ、さっさと子ども部屋に連れていってしまったのです。「いいじゃない、ちょっとくらい一緒に寝たって…」、私はそう思ってしまいます。

我が家では、子どもたちは夏場は夜8時頃、冬場は7時から7時半には寝ます。もちろん、子どもたちにとって規則正しい生活のリズムは大切ですし、きちんと眠ることは大事なので、このリズムを守るべく、私たちも努力をしています。

子どもたちが早く寝てくれると、あとは「大人の時間」になるんですよね。私たちの場合は残念ながらロマンティックに過ごすことは少なく、外出しない時は、ゆっくりと夕食をとった後は二人してパソコンに向かって仕事をしています。

でも、「大人の時間＝自分の時間」を持つことは、パパ、ママにとっても必要

シャルル・エドワードとのデートの日。レストランでのランチを楽しみます。

なことですから、有意義に過ごしたいと思っています。

大人の時間を大事にするフランス人は、私が思うに切り替えが上手ということなのでしょう。ウィークデイは、子どもたちは規則正しい時間に規った子ども時間で生活し、大人は大人同士の時間を楽しむ。そのかわり、週末はどっぷりと子どもたちと過ごす時間を楽しんでいます。

ちなみに我が家では、月に2回ほどですが、土曜日の午後は私と彼の「デート日」としています。

子どもたちをベビーシッターさんや隣のアパルトマンの管理人さんに預け、二人で外でランチをして、積もる話をしたり、ウィンドウショッピングをしたりして二人だけの時間を過ごすのです。

とはいっても、ゆっくりとランチをしていると、残り時間はわずかに…。食事の後は、二人で一緒に簡単な用事を済ませるくらいのささやかな時間しかとれない場合がほとんどですが。

いったん習慣化してしまうと、子どもたちもよくわかってくれていて、笑顔で「バイバイ」とキスをして送り出してくれます。

子どもはのびのび、親はしゃかりき!?

学習塾のないフランスで、頑張るのは誰か…

子どもたちは基本的には、ここフランスで育てたいなぁと思っています。とはいえ、彼らは半分は日本人ですから、ある程度の年齢になったら、数年間、日本で日本の学校に通わせ、日本という国や日本人を知ってもらいたいとも思っています。

どうしてフランスで育てたいかというと、今の私の勝手なイメージですが、フランスの子どもたちがのびのびしているような気がするのです。フランスでは、小学生以降は勉強がかなり大変になると聞いています。

ご存知のように夏のヴァカンスは丸2カ月あり、それ以外のお休みも多い国。10月から11月にはトゥーサン（万聖節）休暇、12月から1月はクリスマス休暇、2月から3月には冬休み、4月には春休みが、それぞれ2週間程度あります。6週間ほど学校に通えば、必ず2週間のお休みがくるという計算。その分、授業のカリキュラムがかなりタイトになるのです。

小学校でも朝8時30分から夕方4時30分まで、きちきちに授業が入っている状態。ちなみにフランスは小学校が5年制、中学校が4年制です。でも勉強だけでなく、自分の世界もきちんと持っている…そんな印象を受けるのです。私立と公立で違いはありますが、一般的には水曜日と日曜日がお休みの上、２００８年９月からは土曜日も完全にお休みに。学生たちは週休３日となっているのです。

この水曜日や土曜日のお休みには、子どもたちはお稽古事や習い事などをして過ごすことが多いようです。バレエ、ピアノ、体操に始まり、水泳、柔道、空手、英語が一般的です。

2月から3月にある2週間の冬休みは、4歳くらいから、スキー合宿に参加することができるそうです。期間は1週間くらい。

それから、日本の学童保育にあたるソントル ド ロワズィール（＝ｃｅｎｔｒｅ ｄｅ Ｌｏｉｓｉｒ）というものがあります。毎週水曜日、そして休みの間も子どもたちは公立の学校で開かれているソントル ド ロワズィールに参加をし、終日、他の子どもたちと遊んだり、勉強ができます。料金は一日中、ランチ、おやつ込みで、高くてもに10€《ユーロ》（約１２００円）ちょっと（納税額によって変わります）。私も何度か子どもを預けています。

娘のお友だちのバースデイパーティ。飾り付けも楽しい。主役の女の子もおしゃれに決めて…。親のほうも一緒になって楽しめました。
左：バースデイケーキも写真を撮りたくなる愛らしさ。

子どもたちが成績優秀だったら、もちろん、うれしいです。でももしかしたら、勉強にあまり興味がないかもしれない。それでも、スポーツでも音楽でも美術でも何かを作ることでも他に好きなことがあって、そちらでその子がその子の良さを発揮できそうなのであれば、「それで頑張ってみれば…」といえる余裕が、フランスにはあるような気がするのです。親も子どもも、〝生きる〟ということや人生の選択肢に余裕があるから、だから、のびのびしているように感じるのでしょう。

しかし、私の場合、パリでの育児はまだ始まったばかり。フランスの教育制度もはっきり理解できていない私ですから、数年後には「やっぱり日本がいい〜」と泣いているかもしれません。

そうそう、フランスには学習塾がないらしいのです。ということは、授業の予習・復習は親がみるということですよね⁉ 子どもたちが学校に行き始めたら、一緒にまたフランス語を勉強しようなんて、都合のいいことを考えていた私ですが、こうして原稿を書いていたら、冷や汗が出てきました。だって、算数も理科も社会も私が子どもの勉強をみてやるということですものね。しかもフランス語で！

私のほうはのびのびしている場合ではないかもしれません。

13歳のお小遣い帳

意味のあるお金を使うためにできること

中学生になって、毎月のお小遣いの他に、学校での昼食の時の飲み物代などを両親からもらうようになり、お小遣い帳をつけ始めました。母から、自分のお金は自分でちゃんと管理をするようにと、お小遣い帳を渡されたのです。

お小遣いは小学生から学年に応じてもらうようになり、中学生からはお小遣い帳を自分でつけ始めました。

今でもよく覚えています。私の生まれて初めての、がんばったお買い物は、中学一年生の時に、学校にお弁当などを入れていくためのタオル地でできたバッグでした。赤坂見附の駅の上にある、『ベルヴィ赤坂』という、ファッションビルの中にあったお店で、自分の貯めていたお小遣いで買いました。ちなみに3800円。

確かそのビルで宝石の展示会があり、母と一緒に出かけた帰り際に、見かけたそのバッグをとても気に入ってしまったのです。その様子を見ていた、一緒にいた母の友人が「自分で買うの？」と、とても驚いていました。

ずっと続けている出費を綴るノート。
今はこのシンプルな形がつけやすい。

中学校から私服の学校でしたから、当然、通学のための洋服が必要なのですが、小さい頃から洋服が大好きだった私に母はいいました。

「学校に行くのに必要な服や物は、ちゃんと買ってあげます。でもそれ以外の物は、お小遣いの中から自分でやりくりしなさい」

と。

自分の欲しい物は自分で買う。かくして、数百円を貯めるための努力が始まり、毎日こまめにお小遣い帳であるノートに記していきました。

お小遣い帳は誰にも見せていませんでした。両親も「見せて」ということはありませんでした。すべて、自分の責任で管理をする、ということを学んだのが、このお小遣い帳でした。その習慣は大学生になっても、社会人になっても、結婚してからも、そして今でも変わらずに続いています。

お金に対してケチになるというわけではなく、意味のあるお金の使い方をするために、その日の出費を記録し、自分の使い道を振り返るのは大切なことだと思っています。

お小遣い帳をつけ始めた当時は、〈ジュース1本：60円〉とか〈公衆電話：10円〉なんていう、かわいらしい出費でした。

また、とっても買いたいものなのに、私の手持ちのお金では十分でない時、母に理由を説明し、母から〝借金〟をしました。もちろん、ノートには〈ママから借りる〉と記述。後できちんと〝返済〟をしています。

この習慣は私だけでなく、1歳半下の妹や5歳下の弟にも受け継がれていました。確認をしたことがないので、二人がこまめにノートをつけていたかどうかはわかりませんが、誰も無駄なことはしていなかったし、今もしていないと、はっきりいえます。

小さい時からお金の管理ができると、自分にとって必要なものがなんなのか、きちんとわかりますし、お財布の紐が簡単に緩んでしまうことがないのではないでしょうか。

〈ジュース1本：60円〉の時代から、当然のことですが、今は出費の桁が随分と変わりました。でも、お金を使う時の気持ちは昔とまったく変わっていないように思います。

フランス人は基本的に現金を持ち歩くことはありません。フランス人のお財布の中に50€《ユーロ》（約6000円）も入っていたら多いほうではないでしょうか？　レストランやサロン、それにスーパーマーケットやクリーニング代など日常的な少額のものに至るまで、カードや小切手で支払うことが多いのです。マルシェ（市場）のお店の一部には現金しか使えないところもありますが…。フランスで暮らし始めたばかりの頃は、私もカードを使うことが多かったのですが、カードだと、後で銀行から引き落としになるので、リアルタイムには何にいくら払ったのかがわからなくなってしまいます。

いくらノートをつけていても、混乱してしまい、この方法は、私には合わないと思いました。そして結局はフランスではかなり珍しい〝現金主義〟になったのです。

子どもの頃のお小遣い帳はすべて〝思い出箱〟（子どもの頃からのさまざまな物が詰まっている箱なのです）に入ったまま、実家の納戸の奥に、他の物と一緒に眠っています。

お金の管理の大切さを、私に教えてくれたお小遣い帳。

いつか、ゆっくりと時間をかけて、思い出箱の蓋を開けた時、私のささやかな経済の歴史をかい間見ることができると思います。

パリで上手に買い物を楽しむために

気持ちよくショッピングをするための私のコツ

パリ＝ショッピングという方、多いかもしれませんね。よくわかります。

歴史ある有名メゾン（老舗店）が数多くあったり、若手アーティストの個性溢れるちょっととんがったお店もあちらこちらに…。洋服に限らず、小物やリネン、食器、本、チョコレート…、のぞいてみたいお店はたくさんあります。

私もまだ旅行者だった頃、友人や母や妹と訪れたパリで一日中、歩き回ってショッピングを楽しんだこともありました。今思うと、どうしてあんなにエネルギーがあったのか不思議です。

買うつもりもないのに（ごめんなさい！）アヴェニューモンテーニュ（モンテーニュ通り）やヴァンドーム広場にある宝飾店をすべて、母と二人で見て回ったこともあります。私一人だったら、とてもできませんでしたが。素敵なものに触れたかったのです。見たかったのです。吸収したかったのです。

アヴェニューモンテーニュの『ハリーウィンストン』に入った時には、緊張のあまりこのまま回れ右をして外に出たくなりました。しかし母はこれが年の功なのか、堂々たるもの。あれこれやりとりした挙げ句に、ついには個室に案内されてしまい、私たち母娘の前にはうやうやしくシャンパンのグラスなどが運ばれてきてしまいました。

小声で母に、

「ママ、どうするの？　このまま帰れないんじゃない？」

すると母は、楽しそうにダイヤモンドを見ながら、

「大丈夫よ、いざとなったら何か買えるくらいの蓄えはあるわ！」

思わず「すごい！　かっこいい～」と母を見つめてしまいました。

あろうことか、その後、母は出していただいたダイヤモンドの質をみたいと言い出しました。あの天下の『ハリーウィンストン』のお店の方から、テレビや映画の鑑定の場面に出てくる片方の目で見るメガネを借りて、ダイヤモンドの鑑定を開始。母は石を見るのが好きなのです。

結局40分近くお店の方とやりとり。

「素敵な物を見せていただいて、とてもうれしかったです」

「いえいえ、こちらこそ楽しかったです。またいらして下さい、マダム」

もちろん、「いざ」という事態にはならず、何も購入することなく、無事にお店を後にしましたが、彼らの表情から、私たちをイヤなお客と思っていないことだけはわかりました。

日本では「お客様は神様」という考え方があります。これは「サービスを提供する側」がそう思うことであって、お客の側がそう思ってしまってはいけませんよね。お客様は神様なんだから、何をいっても何をしても許されるという考えの人が時々いますが、それはとんでもないことです。

フランスではお客様は神様ではありません。それから、入店した人たちがみんな、商品を購入するとも誰も思っていません。

ですから、買う、買わないに関係なく、失礼な態度をとるお客には、毅然とした態度で臨みますし、節度あるふるまいの楽しい客には店側も同じような態度で応じてくれます。それがフランスのお店のプライドであり、誠意なのでしょう。

フランスで、気持ちよくお買い物するためのコツを、私なりに考えてみました。

○まず、誠意を持って接してくれる人には、誠意を持って返したいですし、きちんとした接客をしてもらうためには、身だしなみが大切だと思います。

○次に「ボンジュール」（こんにちは）と「メルシー」（ありがとう）の言葉も忘れずに。フランス語が話せなくても、この二つだけ覚えておくとお店での印象が変わると思います。

○身だしなみは私の場合、こんな感じです。一日中、お店を歩いて回るのでなければ、行く予定のブティックで購入した物を、できるだけ身につけるようにしています。スーパーマーケットや近所の小さいお店に行く時には公園スタイルのままで出かけることもよくありますが、そうでなければいったん家に帰って着替えをして出かけるように心がけています。

そして、母から学んだこと。どんな有名なメゾンに入っても卑屈になったり、おろおろすることなく、つねに自信を持って、堂々としていること。なにも居丈高になるということではありません。謙虚に、でも人としてどんと構えていることの大切さを忘れずにいたいと思います。

私がパリでサロンに行かない理由《わけ》

サロン選びはドクター選びと同じです

パリに住むようになって、友人たちをはじめ女性誌の編集の方たちなどに、よく、「おすすめや行きつけの美容院、サロンを教えてほしい」といわれました。じつはそのたびに考え込んでしまいます。

だって、私にはおすすめのところがないんですもの。

それでも住み始めて2、3年ぐらい、つまり娘を出産するぐらいまでは、パリの美容院やネイルサロンなどをいくつかトライしてみました。

私は美容のプロではないですし、美容マニアでもないのですが、自分なりに爪ならこう、髪ならこういうふうにしてほしいというくつかのポイントがあります。残念ながらそのポイントをクリアできたところがなかったのです。

私にとって、サロンの存在は元気の源。たとえば1週間後に予約を入れているとしたら、その日が待ち遠しくてたまらず、それまでの日々がどんなに忙しくても頑張れます。

そして、いざ当日。サロンに行くと身も心も委ねてリラックス。終わってサロンを後にした時には、他の誰も気づいてくれなくていいけれども、私は「すごく変わった」と自己満足にひたり、足どりも軽くなる…それが私にとってサロン選びの大きなポイントなのです。自分に合う技術を提供してくれることはもちろんですが、サロン選びには他にも大切なポイントがあります。

前著、『毎日のパリ』で、私の行きつけのサロンをご紹介しましたが、その後興味を持って実際に行って下さった方々がいらっしゃいました。大ファンになった方もいれば、私はそんなに…という方もいらしたかもしれません。

サロン選びは、ドクター選びと同じだと私は思っています。どんなに技術があっても、やはり大事なのは人と人との相性。「この人なら」と信頼できなければ、そのサロンに行く意味がないのでは？　と思います。

というわけで、私の一番大切にしている〝信頼〟することができて、安心できるサロンにパリではまだ出会えていないのです。

そうそう、パリでサロンに行かないもっとわかりやすい理由もあります。

その一つは、「技術」、「サービス」と「価格」のバランス。このバランスが日本のそれと比較するとパリは高すぎる。え〜これでこのお値段なの？　と不満に思ってしまう場合がほとんど。

たとえば、パリでネイルをしてもらっていても、マニキュアがはみだしたところを、ネイリストさんが自分のツメでちゃちゃっと修正してしまったり、とにかく繊細さに欠けていて、それなら下手でも自分で塗るわ！　と思ってしまいます。

不満に思うくらいなら、幸い年に何度か日本に行く機会があるので、サロンに行くのはその時の楽しみにとっておくことにしたのです。

私の幼なじみでカナダに住んでいるゆりちゃんは、年に1回の帰国の際に私と同じ美容師さんのところへ行きます。カナダでは気に入ったところがないので、1年間、我慢に我慢を重ねて、そして駆け込むのです。

先日も美容師の矢野浩一さんと、

「ゆりちゃんが帰ってきますねぇ。もう1年経ったんですねぇ」

と話をしていました。

とはいえ、子どもたちの成長とともに、今のようには日本に戻れないことも出てくるでしょう。パリで気持ちよく生活するためにも、中断していたサロン探し、息子が幼稚園に入ったら再開してみようかしら。

我が家の「割り勘カップル」物語

趣味も仕事も経済もそれぞれの世界を持つ

私が結婚した当初、日本では私が、フランスの大金持ちの男性と結婚したと、メディアを通じて思っていた人たちが相当数いたようです。

シャルル・エドワードは、

「旅行はすべてファーストクラス、住んでいるのはお城と思われているなんて、ものすごくいいイメージじゃないか！」

と喜んでいました。

一方、私は、

「ありがた迷惑！」

と叫んでいました。

ありがた迷惑というと誤解されてしまうかもしれませんが、だってあまりにも現実と違うんですもの。

私の結婚した相手は大金持ちだという報道は、まったくの一方的な思い込みで、事実にそぐわないにも関わらず一向に訂正されることがなかったので、私にとってはありがたいものではなかったのです。

なぜなら、我が家は「割り勘カップル」だから。

時間、空間など二人で共有することすべて、つまり日常生活からヴァカンスに至るまで、最近までまったくのフィフティフィフティでした。

結婚前からフランスの銀行に二人共有の口座をつくり、毎月それぞれが同額ずつ入金。デートの食事代やヴァカンスの費用はそこから出していました。

そして結婚してからは、そこから家賃や光熱費、食費なども出しています。それ以外のそれぞれの収入は、自分の趣味や勉強、貯蓄などに使います。私は、日本に帰国した際に行く（フランスでは行かないので）美容室やネイルサロン、マッサージ、整体などの費用、衣服費のやりくりをここからして、あとは少しずつですが、子ども二人の名前でそれぞれ積立の貯金をしています。

共有口座のカードや小切手は私が管理していて、たとえば、レストランに友人と一緒に行った時などには、このカードで支払いをします。

仲の良い友人たちと家族同士でレストランに行くと、支払いはみんなで割り勘です。いくら個人主義の国、フランスとはいえ、誰が何を注文し、ワインを誰が何杯飲んだか…などということはさすがに問いません。

全体のお会計を3家族、5家族という、その時のファミリーの数で割ります。したがって、テーブルの上に置かれた支払い用のお皿の上には、パッパッパァーとトランプのように家族数分のカードが出てきます。

2年程前にテレビ朝日の黒柳徹子さんの番組『徹子の部屋』に出演した時のことです。正味30分くらいの番組なのに、何度も話がこの割り勘カップルの話題に戻ってしまい、徹子さん、そんなに興味を持たれたのかしら？　と驚きました。日本では、夫婦二人に収入がある人たちの場合、どうしているのでしょうか？　日本では、あまり他人の金銭面についてあれこれ質問をするのは失礼とされているので、あえてしたことがありません。

議論好きで、なんでも話題にしてしまうフランスですが、さすがにフランスでも「ねえ、どれくらいの割合で生活費を分担しているの？」などとダイレクトに聞くのは気がひけます。

というわけで、友人たちとのディナーの席などで、それとなく話をふってみると、どのカップルもみんな男性だけに頼るのではなく、女性も生活費を分担していることは確かでした。

形としては、ベビーシッターやFemme de ménage（=ファムドメナージュ：お掃除の人）の費用は女性が負担。家賃、光熱費などは男性が負担。住んでいるアパルトマンが女性のほうのファミリーから受け継いだものなので、女性が家賃を出しているという考えのもと（実際の負担は0円ですが）、男性がヴァカンスや食費、光熱費を負担しているという友人カップルもありました。

そんな友人たちも、我が家のきっちり「割り勘」の話にはかなり驚いていましたから、たぶん、珍しいパターンだったのでしょう。

割合はどうであれ、二人で生活の費用を出し合うというのはとても大切なことだと、時間が経つにつれ感じています。夫婦二人が精神的にも経済的にも自立をしていなければできないことだから…。二人の関係をうまく持続させるためにも、お互いが自分の世界（たとえば仕事や趣味）を持っていることは、大切なことなのではないでしょうか？

ところで、現在の我が家は…。私が二人の子どもの子育て最優先の生活になっていて仕事の量もセーブしています。当然、以前よりも収入はぐ～んと少なく、割り勘はとても無理になりました。ちょうど息子のフェルディノンが1歳になった一年前に話し合って、彼のほうも私の子育て最優先を受け入れてくれ、一時的に割り勘解消！

共有口座には変わらずに私の収入も入金していますが、今は彼のほうがとてもとても頑張っていろいろと負担してくれています。でも悲しいかな、長く、割り勘でいたため、レストランや買い物、ヴァカンス先でも彼が支払いをしてくれると、なんだか申し訳ない気持ちになります。

「ありがとう」の気持ちがとても強くあるのですが、いつも「これでいいのかな？甘えちゃっていいのかなぁ」と申し訳ない気持ちのほうが強くなってしまうのです。ちょっと心配症かしら？

Chapitre 2
Confortable

私の好きな心地良さのために

続いているのは〝ながら〟パッティングです

「健康な美しい肌ですね。どんなお手入れをしているのですか？」とよくいっていただきますが、じつは私、何も特別なことはしていません。他の項目でも書いたとおり、美容サロンに通っているわけでもありません。

女性にとって、いつまでも美しくありたいという気持ちはとても大切ですし、そのために少しずつでもできることを続けることは簡単なようで、じつは思うようにはいかないものです。いいことだとわかっていても、継続して習慣にするには、毎日の仕事、家事、育児…、目の前に山積みになっていることと折り合いをつけていかなくてはなりません。

私は「これをしなければ…」と決めてしまうと、きちんとできないと気がすまない上に、できなかった時には落ち込んでしまう性質です。それが自分でもよくわかっているので、今では「～しなければ」という決まり事をできるだけつくらないようにしています。

そして、美容に関しても同様です。朝晩、きちんと最低限の手入れをすること、それだけを心がけています。その手入れだって、難しいことは一つもなく、誰もがやっていることを一通りこなすだけ。

顔を洗って、ローションでパッティング、美容液とクリーム、そして朝ならば一年中欠かさない日焼け止めをつけて終わり！

あえていえば、もう20年くらい続けているのが、コットンにローションをたっぷりつけてパタパタパタパッティング。左手で片づけものや、何かをしながら、右手でパッティングをします。気がつくと10分以上経っていて、コットンがボロボロになっていることも…。でも、肌がヒンヤリとして、プルンと潤って、その感触が大好きだから、やめられない。

最近は、さすがに10分もやっていることはないけれども、パッティングしながら「きれいにな〜れ」と心の中で唱えています。だから、その思いは通じていると勝手に思っています。

もちろん、10代、20代の頃と今の写真を比べたり、肌分析をしてみたら、今のほうが劣っているのは当たり前。

でも私は、今の肌が一番好き！　いつもずっと、そう思ってきました。30歳の時も35歳の時も、そして39歳の今も。

　人間が齢を重ねるごとにさまざまな経験をして人として深みが出てくるのと同じように、肌もいい感じに〝練れて〟きて、個性が出てきたと思うのです。

　40歳を境に、もしかしたら、急に肌質が変わったり、シミやシワが出てくるかもしれない。もしかしたら、その時にはとても焦って、泣きたくなるかもしれない。でも、それも自分の歴史と受け入れて、「シミもシワもすべて、味わいがあっていいじゃない！　やっぱり、今の私の肌が一番いい！」と思うことができればいいなと思います。

　ただそのためには、何もお手入れをしなかったからとか、こうすればよかったのに、こんなふうに生きてこなかったら…というような、後悔だけはしたくないと思います。なんでもない日々の積み重ねを大切にしたい！

　そして、美容にとって一番効果があるのは、なんといっても心穏やかに、笑顔でいること。そして…ちゃんと眠ること。さりげないけれど大切なことを守っていきたいと思っています。

ボディクリームは大切です

日本女性の美しい肌を大切にしたいから…

私とボディケアとの歴史は長くて深いものがあります。私がボディクリームというものに目覚めたのは、高校生になったばかりの時のことです。

バリバリの水泳部員だった私は、泳いだ後の肌のカサカサが気になり、ボディローションを欠かさずつけるようになりました。忘れもしない、ピンクのボトルに入った『ジョンソン・エンド・ジョンソン』のベビーローションでした。家でのお風呂上がりもお手入れしていました。それ以来、私にとってボディケアは欠かせません。『グラスオール』という化粧品のプロデュースの仕事に関わらせていただいていた時、私の話を聞いた化粧品会社の方にいわれました。

「日本人は顔のケアはしっかりしているけれども、ボディは何もしていない人が多いんですよ。江里子さんは珍しいですね」

マッサージに長く通っている『ミッシィボーテ』の高橋ミカさんにも、

「江里子さんの肌って、日焼けをしていてもツルツルですね。珍しいですよ」

と、いわれました。

ボディクリームをまんべんなく塗り込むだけのケアですが、高校生から続けているこのボディケアが、実を結んでいるようです。ケアというのは、今日やったから明日、結果が出るものではありません。「継続は力なり」といいますが、続けることが大切なのです。よく考えれば、頭の先からつま先まで人間の皮膚はつながっているのです。顔だけでなく、体も大切にしてあげたいですよね。

肌は慈しむことで応えてくれるような気がします。お風呂上がりにすぐにナイトウェアを着てしまうのではなく、ボディクリームをつけながら、「スベスベになあれ、きれいになあれ」「今日も一日ありがとう。がんばったね」と肌に語りかけてみたらどうでしょうか？　絶対に、肌の質感が変わってくると思います。

ノロケではないのですが、彼はよく友人たちに、

「エリコの肌はなめらかでシルクのようだ」

といっています。

でも私は知っています、私の肌が特別に素晴らしいわけではないことを。日本女性の肌は欧米の女性に比べてキメが細かく、水分を多く含んでいる分、みずみずしいのです。せっかくの美しい肌、もっともっと、いたわってあげましょうよ。

おしゃれ上手の友人が教えてくれること

フィアンセの子ども時代の服を着こなすアナのセンス！

仲良しのアナはスペイン人です。9歳の時にマドリッドからパリへ移り住み、それ以来ずっとパリに住んでいます。

初めて会ったのは、ブルゴーニュ地方の友人の親戚のワイナリーを訪れた時のことです。小柄で、髪の色と目の色が黒に近い、色の白いかわいい女性というのが第一印象でした。

週末を3組のカップルでブルゴーニュで過ごしたのですが、まだフランス語にも、フランス人にも慣れていない私に彼女がさりげなく、さまざまな場面で私に気を遣ってくれているのがわかりました。

アナは6歳の男の子のママ。日本でいう事実婚でしたが、彼とは残念ながら別れてしまいました。でも今はまた素敵なフィアンセがいます。

彼女は、ファッションメゾン（老舗のファッションブランド）に勤めた後、当時フランスでは無名だった、コスメティックブランドの『M・A・C』に引き抜かれ、立ち上げに携わっていました。けれども5年前に、子どもとの時間を大切にしたいと仕事を辞め…、今は、また仕事を再開するための準備をしています。

先日、我が家にフィアンセとともに二人でディナーに来たのですが、楽しい食事、おしゃべりで盛り上がり二人が帰ったのが午前2時。私も彼もそのままベッドに倒れこみました。

私はアナのファッションに対する考え方やセンスが大好き。会うたびに、

「今日も素敵ねぇ」

とつぶやいています。

アナは、

「そんなにほめてくれるのはエリコだけだから、毎日、会いに来ようかしら！」

といっているくらい。

アナをおしゃれと思うのは、まず物を見る目があること。自分に似合うものをきちんと知っているのです。『シャネル』や『バレンシアガ』も着ているけれども、それだけでコーディネートしているのではなく、そこに合わせているものが「のみの市」などで見つけた安価な、でもレースの美しいブラウスやコートだったりするのです。

友人のアナは
とってもおしゃれ上手！

随分前に彼女に教えてもらったヴィンテージショップは、当時は無名だったのですが、その後、どんどん拡大して、日本でも展開をするほどになりました。今、彼女が気に入っているのは、あの映画俳優のブラッド・ピットや『クリスチャン・ディオール』のデザイナー、ジョン・ガリアーノも常連と噂の、『ＧＵＥＲＲＩＳＯＬＤ』という古着屋さんか、のみの市の『Ｌｅｓ ｎｕｉｔｓ ｄｅ Ｓａｔｉｎ』です。『ＧＵＥＲＲＩＳＯＬＤ』はたとえばシャツがまとめて50枚、束ねたまま置いてあるような倉庫のようなところらしく、彼女曰く「お店は汚なくて、くさい」そう。

そんな山のように服があるところから3€《ユーロ》（約360円）、5€《ユーロ》（約600円）の美しいレースのブラウスや、ファーのベストを見つけてくるんですから、アナの審美眼にはかないません。私だったら、どうしていいのかわからなくなってしまうでしょう。

とにかく彼女ならではのファッションを楽しんでいて、私は会うたびに参考にさせてもらっています。

『バレンシアガ』の白シャツ＋『ＺＡＲＡ』の黒いシガーパンツ＋フィアンセの彼が子どもの頃着ていたという茶色の革のブルゾンをパチパチに着て、上にラビ

私の小物類①。
ハート形をしたロエベの赤い小銭入れ。ところどころに息子の歯形がついています…。

ットのファーのベストを羽織る。これが彼女のある日のスタイル。

『ZARA』の黒ロングスカートに白ヴィンテージレースブラウス＋『ZARA』の黒ケープ、といった時もあります。メイクは、真っ赤な口紅だけ。

時には真っ赤なロングコートをさらりと。

時にはスペインのイビザ島で買ったという伝統的な刺しゅうのブラウスに白いワイドパンツ。

つまり、彼女の頭の中にはファッションに対するアイデアがいっぱい。こう着なければいけないという規制がなく、好きなように楽しんでいるんです。でもセンスがいいから、いつもエレガント。おしゃれなアナに会う日は、私も頑張ってみようと密かに思うのです。

セクシーなベランジェールは女子にも好感度バツグン！

まだ、日本に住んでいた時のこと。日本の女性誌では、よくパリのマダムやマドモアゼルたちの街角でのスナップ写真が掲載されていますよね。当然、編集部で多くの写真の中から素敵な人たちをセレクトしているのでしょうが、写真を見ていて、「みんな自分の個性を大切にしているなぁ」と、いつも感じていました。

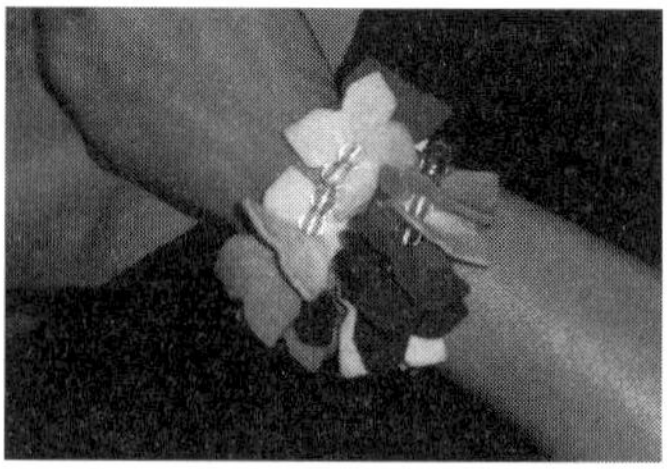

右：私の小物類②。15年以上使っているブルーの手帳カバー。
左：私の小物類③。娘が東京で体験入学していた幼稚園で作ってきてくれたブレスレット。気に入っていつもつけています。

着ている洋服の好みは別にして、「私は私でしかないの！」というメッセージを、どの女性もいちように発していたように思いました。そして、それはパリに住み始めて、もっともっと強く感じるようになっています。

フランスの女性たちは、他の人と同じであることをとても嫌がります。

人間は姿、形が一人ひとり違うのですから、単純に考えればすでに同じではありません。つまり、服の好みだけでなく、生き方、考え方だって違って当然です。だから、ファッションだって、「こうでなければいけない」という規制をつくることなく、思うように楽しんでいるのではないでしょうか？

私の周りの親しくしている女性たちは、本当に見事にみんなまったく違うスタイルです。髪型も服装もまったく違うから、彼女たちに一列に並んでもらったら、その年のモード（流行）がいったいなんなのか、わからないと思います。

ベランジェールは5人の女の子のママ。40歳です。彼女は背も高く、全体的に大柄なイメージでしょうか。

私が会う時は、胸元の大きく開いたシャツやセーターに、短い丈のスカートやジーンズ、またはワンピースのことが多いです。日焼けした肌に、無造作に後ろで束ねた髪、太めのブレスレットをつけた手でくゆらすタバコ…。カッコいい大

右端がカッコいいベランジェール。

人の女性という感じ。キャラクターも姉御肌でとにかく優しいんです。

友人宅のディナーで一緒になった時の彼女のスタイルは、胸元が大きくV字に開いたプリント模様の超ミニワンピース。大柄な彼女によく似合い、セクシーで個性的。素敵でした。

そのミニでソファに深く腰かけ、足を大胆に組んだりするから、私は下着が見えちゃうんじゃないかしら？　とドキドキ。でも仮に見えたとしても、誰も何もいわないでしょうし、へんに丈を気にして、しょっ中、スカートに手をやっているよりもずっといい！　見えたなら見えてもかまわないわ。だって私はこの服が着たいんですものという堂々とした態度なのです。

私たち日本人は下着が見えたら大変！　と、せっかく素敵なファッションに身を包んでいても堂々とできないことがありますよね。ノーブラなんて、もってのほかと思っている方も多いでしょう。でも、そのためにヌーブラをつけて、それがズレないかとついつい気になってしまったり、ブラジャーの肩ひもがのぞいてないかと気になったりするくらいなら、いっそノーブラのほうが良くはありませんか？

なんていいながら、パリにいる時はノーブラOKの私も、日本では絶対にしませんが…。

　自分の欠点をうまく隠すこともおしゃれの秘訣ですが、人の視線など気にせず、自分のしたいファッションをすることもまたおしゃれの秘訣の一つだと思います。お腹が出ていようとも、二の腕が太くても、せっかくだったらファッションを楽しむ！　そのためには堂々としていること、これがおしゃれ上手なフランスマダムのカッコよさの奥義なのでは？　と私は思います。

　そして、あえて付け加えるなら、たとえ、胸が透けて見えようとも、下着が見えてしまったとしても、そんなことに過剰に反応しない男性（女性も）の存在もおしゃれな人を生む背景に貢献していると思うのです。

ストールの巻き方：ストール好きの私はいろいろな巻き方を考えるのも好きです。ぐるぐる巻いたり、さらりと片方の肩へ流したり…。121ページ～のカラーページのようなワンピースは、上に羽織るものに悩みます。長さやボリュウムを考えると、ジャケットやコートを合わせにくいのです。そこで私は、肌寒い時は写真のように下にシャツを着たり、色の違うストールを2枚重ねて使っています。

子ども服は「誘惑に負けない」が肝心

子ども服はお下がりが当たり前！

フランスの子ども服って、やっぱりとてもかわいいです。高級子ども服のお店ももちろんあるけれども、安くてかわいいお店があちこちにたくさんあり、見ているだけでも楽しい！　誘惑はとても多いですが、なるべく気持ちを抑えるようにしています。

私が仕事で1週間程、一人で東京に行っていた時に、義理の両親がパリに子どもたちの世話の手伝いに来てくれました。

その時に義母が驚いて、シャルル・エドワードにこういったそうです。

「ナツエもフェルディノンも、あまり服が多くないのね」

これ…、ほめ言葉でした。

彼も「そう、エリコは無駄な買い物はしないんだよ」と。

どうやら、私は多くの人から、子どもたちに服もおもちゃなどなんでも買ってあげている母親のように思われているようですが…、じつは正反対です。

左：父の赴任先バンコクの家の庭で。祖母が日本から送ってくれたロンパースを着て、妹と二人。
右：たまにはドレスも。４歳の頃、バンコクで作ってもらったロングドレスを着てクリスマスパーティへ。

いえ、お店に行けば、どれも素敵でついつい買いたくなってしまいます。だから、行かないのです！　家でよく考えてから本当に必要なものを買うためだけにお店に行きます。

それでは我が家の子どもたちは、いったい何を着ているのかって？　娘（5歳）も息子（2歳）もおかげさまで標準よりもかなり大きくて、ここ一年ほどは、ほとんどお下がりは着られないのですが、以前はニューヨークに住む義姉の子どもたち（長女8歳、長男5歳半）のお下がりをもらい、そこに足りないものだけを買い足していました。

たとえば3カ月〜6カ月の赤ちゃん用のパジャマは義姉の子ども二人が着て、我が家の二人が着て、妹のところの三人目の子どもが着て…なんと5代にわたって着ています。また義姉の長女エラの服は、娘の後、私の妹のところの女の子二人が着て、その後、東京に住む弟の子どものところに行く予定。

子どもの成長はとても早いですから、あっという間にサイズが変わります。そうであれば、必要とする最低限のものをフル回転させるのがベストだと思いませんか？

とはいえ、お下がりのすべてが好みというわけにはいきませんし、その子によ

子どもの頃の私と妹はタンクトップやTシャツ、それにショートパンツが大好きで、冬でもショートパンツでした。

って似合う、似合わないもあります。「正直、これはちょっと違うかな」と思うものもあります。その場合は義姉の了解を得て、気に入って下さる方たちに差し上げています。私の中でも色の配色や柄にこだわりがあるので、子ども服といえども譲れないなというものは無理せず、好みと思って下さる方に譲ります。

姪のエラが気に入っていたベビーピンクのコットンのロングカーディガンが2年前に娘のところに来ました。娘のナツエは気に入って着ていたのですが、すでに昨年の夏には小さくなってしまい、ほとんど着ることがなくなりました。

ある日、娘がそれを持ってきて、「これ、もう小さいからアヤノ（私の妹の次女）にあげようね」と。次に誰かが着てくれると思えば、どんなに小さい子どもでもその服を大切にする心が芽生えるのではないでしょうか。

じつは私は子どもの頃、お下がり大好きっ子だったのです。すでに当時から洋服が大好きで、小学生の時には一日に4、5回着替えていたこともあります。

三人きょうだいの一番上である私には、歳上のきょうだいからのお下がりはありません。ただ、ショートパンツばかりはいていた私は、体の大きい同級生やいとこから、かわいいスカートやワンピースのお下がりをもらい、ちょっとドキドキしながらうれしく着たものでした。

私の子ども服の好みは、次のとおり。直接肌に触れるものはコットンやウール、カシミヤなどを選びたいと思っています。素材も大切ですが、家で洗濯できるかどうかも、大きなポイント。

色味は、基本は茶、グレー、紺、黒、白。それに、薄いピンク、紫色、赤、ボルドー、ブルーグレーなどを合わせていくのが好きです。ガチャガチャと色が多く使われているものや、柄物などはできるだけ避けています。

ブラウスやシャツが好きで、ついつい、いつも選んでしまうのですが、アイロンかけがけっこう大変！

やはり私に似て洋服に興味のある娘は、5歳の今、ちょうど大人の持ち物にも憧れを覚え始めたようです。私の服やアクセサリー小物たちを、うっとりと眺めています。

だからいつもいうのです。

「ママの大好きなものは、ナツエにも使ってもらいたいなと思うの。だからとても大事にしているのよ」と。

十数年後の娘は、私の〝お下がり〟を着ているのでしょうか。

私の家事の工夫について

その日、その時の汚れはその時すぐに退治する

とにかく気がついたらすぐに動くこと。それが私の家事の工夫です。

家事はいったん溜めてしまうと、倍々ゲームのように増えてしまい大変です。ホコリが気になったらすぐに取る。汚れが気になったらすぐに拭く。お皿が汚れたらすぐに洗う。だから私は家にいると、いつも動いていることになってしまうのです。お気に入りの『ｄｙｓｏｎ（ダイソン）』のハンディークリーナーを持ってウロウロ。

フランスはご存知のように家の中でも靴をはいたままの生活です。ですから、公園で思いきり遊んだ後は、私も子どもたちも、靴の裏は土と砂だらけ。そのまま家の中を動き回ると大変なことになるので、玄関でまず靴を脱がせて靴裏を、クリーナーでブーンとします。時には子どもの後ろについてまわってブ～ンッとやっています。

お掃除大好きな私ですが、フランスには「Ｆｅｍｍｅ ｄｅ ｍéｎａｇｅ（ファム

ある日の我が家での
ディナーテーブル。

ド メナージュ)」といって、お掃除のプロの女性がいます。

日本でいう家政婦さんでしょうか?

ヌヌ同様(39ページ)、常駐で雇用しているファミリーもいますが、決められた時間だけお願いしている人もいます。鍵を預けている人もいます。日本では家政婦さんというと、あまり身近な存在ではありませんが、フランスのファム ドメナージュはとてもポピュラーです。一人暮らしの若い人たちでも週に1回、2~3時間は依頼しているのではないでしょうか? ちなみに料金は、パリは1時間平均10€《ユーロ》(日本円で約1200円)。

私たちも結婚当初、前のアパルトマンの時には週1回、3時間お願いをしていました。

フランスの水は硬水でカルキ分が多く、キッチンや洗面所などの水まわりはすぐに白っぽくなってしまい、見た目もかなり汚れた印象になります。ですから水まわりを中心に徹底的にきれいにしてもらっていました。

現在は子どももいますし、私もセーブをしているとはいえ仕事をしていますし、アパルトマンも以前より少し大きくなり、さらに、彼の仕事のミーティングがしょっ中家である関係でお客様の出入りが多いですから、週4日、一回につき3時間、ファム ド メナージュに来てもらっています。やはり主に水まわりや、私一人ではなかなかできない細かい所の掃除をサポートしてもらっています。

今、お願いしている女性は、とても真面目でいい方で、掃除も早くて上手で助かっています。1年半以上前にお願いした女性は、いい方だったのですが、なんと掃除が下手だったのです。

少しずつでもコツをわかってくれれば、と期待をしたのですが、少しこすってみて汚れがとれないと、スポンジのせいとばかりにすぐに新しいスポンジをおろし、キッチン用洗剤にいたっては封を切ったばかりのものが4日でカラに…。

とってもポピュラーなファム ド メナージュですが、友人たちに聞いてみても上手でいい人に出会える確率は、残念ながら高くはないようです。

以前、子どもがいなかった時には、掃除を始めると、食べることも忘れてしまうくらい楽しくて夢中になってしまい、彼に「やめなさい」とよくいわれていました。今は、時には見て見ぬふりをするようにし、ファム ド メナージュの女性と分担をしています。

でも、やっぱり家事は楽しくて大好き！

ワインは「文化」という意識

一気飲みは「ワインに対して失礼」という感覚

フランス人とワインといったら、切っても切り離せない関係です。難しいことは専門書にお任せするとして、ここではもっと身近な私の感じたままのフランス人とワインの関係について書いてみます。

まず当然のように、食事の場には必ずワインがあります。昼食時でも、ビジネスランチをしている男性たちのテーブルには赤ワインが1本置いてあるのですよ。昼間から、二人で1本、空けてしまうのかしら？　と驚きます。

夏場、特にオープンカフェや外に面したレストランのテラス席で見かけるのがロゼワイン。キリッと冷やしたロゼワインは口当たりが軽く、気持ちよく飲めてしまいます。

このロゼワインの場合はしっかりワインを飲むというより、口をうるおす、水の感覚なのかもしれません。日本でもロゼワインがブームとなった時期がありましたが、今はあまり飲む人がいないように思います。フランスでは特に夏場にポピュラーなワインです。

フルボトルで注文しなくても、グラス一杯でランチやディナーを楽しんでいたり、とにかくワインはテーブルに欠かせないものなのです。

そしてアルコールの飲み方も、日本人とは異なるような気がします。日本の学生や社会人たちの宴会の席で行われるような一気飲みなどの光景は、フランスでは、まず見たことも聞いたこともありません。

私は大学時代、まったくアルコールがダメで4年間飲まないで過ごしたのですが、さすがに卒業コンパでは飲まされ、「イッキ、イッキ」のコールとともに倒れました……。

フランスではこのように、飲めない人にも無理強いをして飲ませるということは、ないでしょう。というより、アルコールが苦手な人はほんの少数のようですよ。さらに日本では、いわゆるチャンポンといって、いろいろな種類のアルコールを一度に飲むということがありますよね。フランスでは、これも考えられないことです。もちろん前述の一気飲みもワインに対して失礼という感じなのではないでしょうか？

自分たちの国の大切な文化の一つであるワイン。たとえ水のようにどんどん口に運んでいたとしても、そこには作り手に対する敬意があり、ワインは「味わうもの」という概念を忘れることはないのでは？

フランスではテーブルで、アルコールとお水は、男性がつぐものというマナーがあるんですって。

私がワインのボトルを自分で持ってグラスに注ぐことはまずありませんが、お水であっても、ボトルに手を伸ばすと、彼や、私の隣の男性が「あっ、気づかなくて、すみません」とすぐに私のグラスに注いでくれます。

女性がアルコールを注ぐのは、美しいことではないようですが、日本では反対ですよね？　日本でもワインやシャンパンの場合には男性がサーブして下さる傾向が増えたとはいえ、ビールや日本酒になると、女性が男性にお酌するものという雰囲気が、暗黙のうちにまだまだある気がします。

フランスでアルコールのびんを手にしないことに慣れてしまった私は、日本での食事の席で、アルコールを男性のグラスに入れるのが少々、はばかられます。

多分、気の利かないヤツだと思われているでしょう。シャルル・エドワードが一緒であればいいのですが…。

ウンチクを傾けると嫌われる…？

家では基本的には私はシャンパン、シャルル・エドワードは赤ワインです。二人とも赤ワインのことも時々あります。彼は今、ほとんど白ワインは飲みません。頭が痛くなってしまうんですって。私と彼の二人の時には、3〜4日で1本のワインを空ける、といった調子ですが、友人を招いてのディナーでは、一回に、大体7、8本くらいのワインが空いています。

日本で起こっているようなソムリエブームが、フランスでも起きているかどうかはわかりません。ただ、ソムリエのいるレストランでのお食事は、楽しいものです。ソムリエとのコミュニケーションの楽しさは、名前が知られていない、安価でおいしいワインを教えてもらうところにあるのではないか、というのが私の勝手な感想です。有名で高価なワインはオーダーも簡単ですし、ソムリエは必要ありません。ワインがお好きな方は口々に、いいワイン＝高価なワインというわけでもない、とおっしゃいますが、これは本当だと思います。

フランス人は、やはりワインに詳しい人もたくさんいます。でも、それぞれ飲んだ後に感想をいうことはあっても、食事の席でワインについての難しい話を始めたりはしません。でも味わいについてそれぞれの感想、表現の仕方が実に豊かで驚かされます。お願いだから、私には感想を聞かないで…と思ってしまいます。

でも、みんなそれぞれ、ワインにとってもこだわりを持っているのは確か。我が家でも、ディナーのメイン料理に合わせて、選んだ赤ワインを、彼が選んだワインの年代によって早めにデキャンタをしています。味と香りをふくらませるためです。年代が古くなればなるほど、早くから開けています。

あらあら、私の大好きなシャンパンの話を忘れていました。シャンパンも、フランスならきっとどこの家庭も1本は冷蔵庫に冷えているのではないでしょうか？ディナーの前のカクテルとしては当然ですが、急に夜7時頃、友人が訪ねてきた時もお出しするのはシャンパン、日曜日の夕方に友人たちと集まったらシャンパン。シャンパンもワイン同様、フランス人のそばにいつもあるものです。

シャンパン好きの私はとてもうれしいです。

そんな私…。シャルル・エドワードが出張でいなかった昨日の夜は、なんと一人でプレゼントされた「ドンペリニョン」を開けてしまいました。

もちろん一人で1本空けたのではなく、まだ残っていますよ。そしてグラス片手に何本か原稿を書いてしまったのです！　気持ちが高揚して、なんだかいいテンポで書けてしまいました！

Paris

これからディナーに出かけるところです。本当は私は夜、子どもを置いて外出するのがあまり好きではありません。ただ、子どもたちを寝かしつけ、着替えやお化粧をすませ、気分を切り替えての外出の機会は、ほどよい緊張感を与えてくれます。

とにかく暖かいロエベのショートジャケット。

裾がキュートなシェレルのシンプルなワンピース。

ミンクのロングマフラーは寒がりの私の心強い味方です。

ずっと探していた、小粋な赤！

東京で購入したイヤーマフ。パリでは必需品。

ヴァレンティノのカシミヤニットはファーの袖。

ボリュウムたっぷりのジャケットの袖をカットしてリフォーム。

内側のファーがチラリズムのかわいさ。ロエベのブーツ。

ロエベの白いミンクコートは大切に着たい一着。

このグレーの色が欲しくて東京でオーダーしたバッグ。

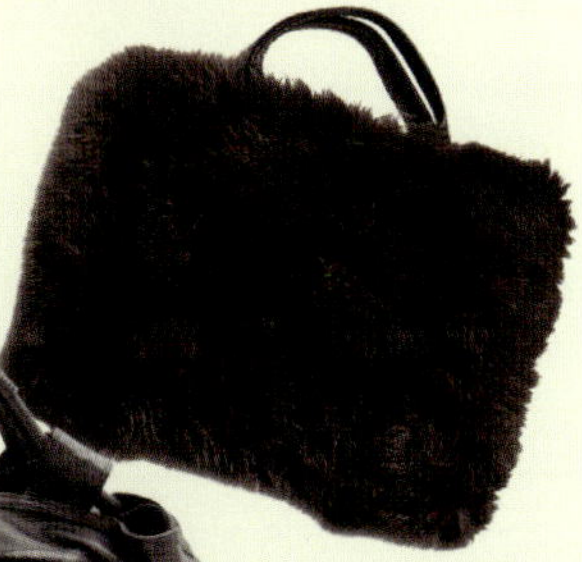

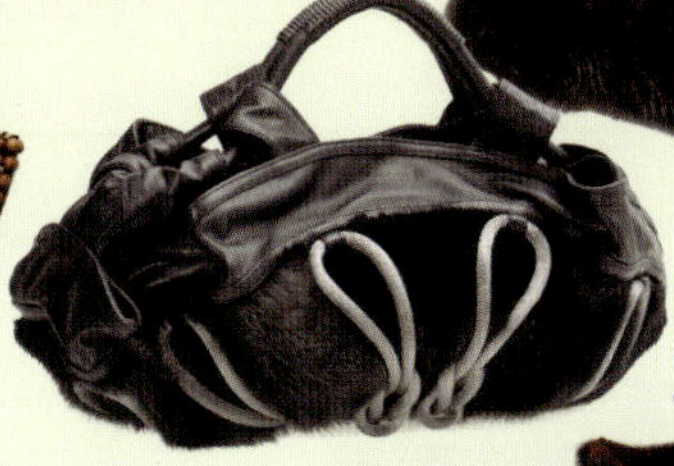

ロエベのバッグはシルバーのラインがポイント。

内側がモコモコとしたファーになっているフェラガモのバッグです。

Fourrure

ファーは過去に何度かブームがやってきましたが、今ではもう女性にとって揺るぐことのない人気ファッションアイテムの一つになりました。私も大好きで、全体がファーのものはもちろん、どこかにちょっとあしらわれているものまで、ついつい目がいきます。

さり気ないカッチリ感！　ヴァレンティノのジャケット。

レクイエムのブラウス。胸元のフリルが美しく揺れます。

ブラックパールは大人の女性の着こなしに重宝します。

5、6年前に自分でデザインしたポシェット。アイフォンにもぴったり。

Noir

無難になるか、最高のおしゃれを演出できるか…。黒はそんな危険性を秘めた色だと思います。私のこだわりはレースやフリルなどの遊び心があって…、でもかわいすぎないもの。そして身体にフィットしてシルエットが美しく、シャープに見えるものということです。

存在感のあるサンローランの革のロングコート！

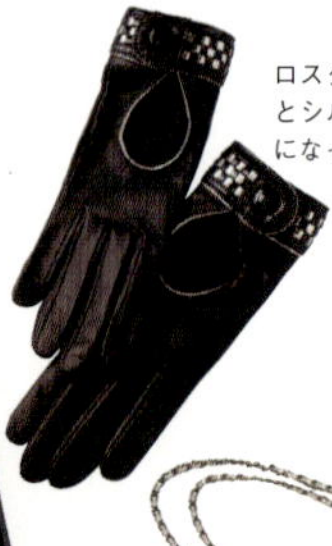

ロスタンの手袋。手首は黒とシルバーの革の編み込みになっています。

オーダーの革のパンツはサイズが合うので何年も愛用中。

洋服との合わせが楽しいシャネルの黒白バッグ。

アレルの繊細なレースパンプス。ひと目惚れの一足です。

コントラストが効いている
ジルサンダーのコート

前立てと裾の縁取りに心惹かれる
ニナリッチのケープ

ロエベの小さめのバッグは
コロンとした形がかわいい!

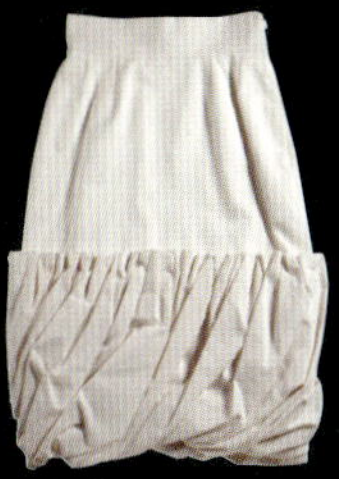

この一枚でおしゃれな
レクイエムのスカート

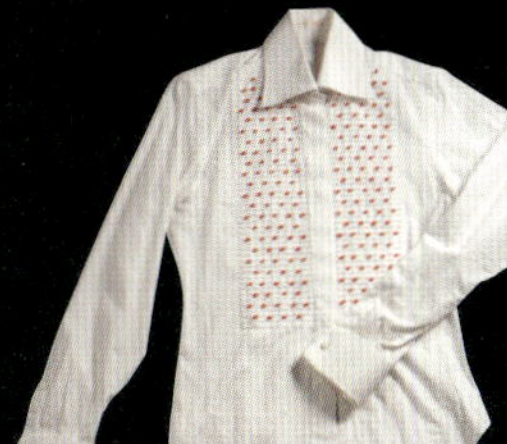

ピンクの部分は
なんとサンゴ!
ヴァレンティノ
のブラウス

ピッタリTシャツは大好
きなバナナ・リパブリ
ック!

ウエストが編み上げになっているジ
バンシィのクロップド・パンツ

blanc

長く大切に着たいと思うので、購入する時は必ず試着をして慎重に選びます。ただ、迷ったら決め手は出会った瞬間の「ときめき」。最後はそれを信じることにしています。シンプルな白い一枚のTシャツであれ、個性的なスカートであれ、同じです。

フランスのデザイナー、フィリップ・スタルクモデルのライト。どこかしらアジアンテイストな雰囲気を醸し出しています。

エヴィドンス ドゥボーテの、容器も美しい香りつきのブジ(ローソク)。小さいけれど確かな存在感!

Salon

家の中のものはシャルル・エドワードと見に行って、相談して、一つひとつセレクトしてきたものばかりです。一般的価値や流行に左右されるのではなく、自分たちの好きなもの、そして何より家族が「暮らす」スペースをくつろげるものにしてくれることにこだわります。

リートフェルトの椅子。こんなビビッドな色のものも、実は我が家のところどころに…。

フランスで刊行された『源氏物語』。また違う味わいがあります。

Cuisine

111ページでお話しした土鍋もそうですが、我が家のキッチンは日仏が楽しく、仲良く同居しています。赤を貴重にしたキッチン、そしてダイニングルームにも映えるものを選んでみました。もちろん使い勝手も大切。娘にもキッチンで伝えていきたいことがたくさんあります。

ちょっぴりゴージャス＆エレガントな真っ赤なゴブレット。

各国の女性に人気のル・クルーゼのお鍋は私も愛用しています。

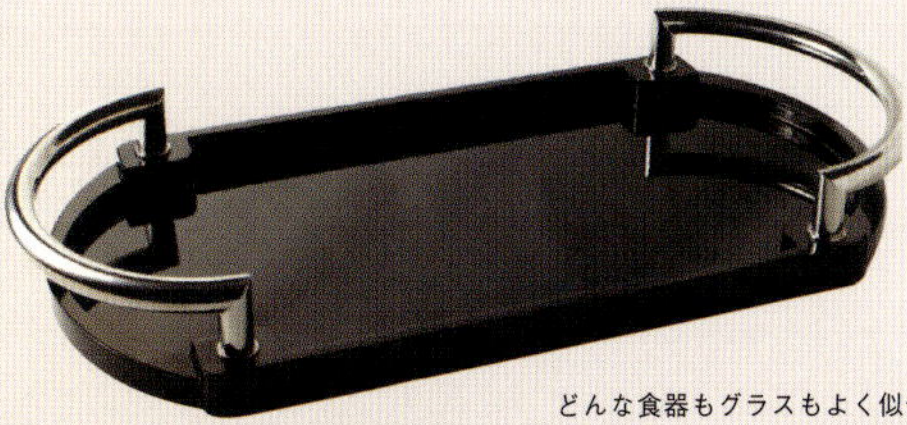

どんな食器もグラスもよく似合う。黒い漆のお盆はスタイリング上手！

広島で購入した急須とお湯呑みのセットはフランス人にも好評。

友人のお祖母さまのものだった、フランスの伝統的なレシピが載った古いお料理本。キッチンの宝物です。

娘と息子のナプキン。シルバーのナプキンリングは、ナツエとフェルディノンの名前入り。

アレクサンドル・チェルボーのリネンのナプキン。クレヨンのように色数が多いのがうれしい。

Gâteau au chocolat

Ingrédients pour 6 á 8 pers :

- 200g de très bon chocolat noir à 70%

- 200g de très bon beurre
(demi-sel ou salé pour les puristes)

-5 œufs

-1 cuillère à soupe de farine

-150g de sucre

ガトーショコラ 6〜8人分:

・200グラムの美味しいブラックチョコレート、カカオ率70%

・200グラムの美味しいバター（有塩バター）

・卵５個

・スープさじ一杯分の小麦粉

・150グラムの砂糖

1. ***Faire chauffer le four à 190°.***
2. ***Faites fondre ensemble au bain-marie, le choc et le beurre. Ajoutez le sucre et laissez refroidir 1 peu.***
3. ***Ajoutez 1 à 1, chaque œuf, en remuant bien après chaque œuf jusqu'à consistance d'une épaisse mayonnaise.***
4. ***Enfin, ajoutez la farine et lissez bien le mélange.***
5. ***Versez dans 1 moule et faites cuire 22 minutes environ. Sortez du four.***

Le gâteau doit être légèrement tremblotant au milieu.
Le dessus craquelé Laissez refroidir.
Patientez jusqu'au lendemain,
le gâteau est encore meilleur. Servez.

作り方

1. オーブンを190度に設定
2. チョコレートとバターを溶かし混ぜ、そこに砂糖を加えて混ぜ、冷まします
3. １個ずつ卵を加えますが、その際に加えるたびに丁寧に混ぜる。マヨネーズのような状態がベスト
4. 最後に小麦粉を入れて、よく混ぜる
5. 型に入れて、およそ22分、オーブンで焼く

ベストなのはケーキの真ん中が、ちょっとやわらかく、とろみがあること。
表面は冷まします。我が家は冬場は窓の外に出しておきます。

子どもの食べ物、大人の食べ物

私にとって初めてのお弁当づくり

フランスの幼稚園や学校には〝お弁当〟というものが存在しません。日本では地域によって、また中学校や高校でも学校によってお弁当のところがあるでしょう。特に幼稚園はほとんどがお弁当なのではないでしょうか。

昨年の秋に、娘は初めて日本の幼稚園に1週間ほど、体験入学させていただきました。事前に先生からいただいた持ち物リストで私が驚いたのは、お弁当と上ばき。私だって小学校から高校まで上ばきの生活をしていたのに、上ばきが新鮮な存在になっていたのです。

私が小学校の時に上ばきを買っていた実家近くの商店街の洋品店はすでになくなっていましたし、デパートにもスーパーにも上ばきはありませんでした。

どうしようと泣きそうになっていた時、偶然に薬局でお見かけした同い年くらいのお子さんを連れていたお母さんに、

「あの、子どものあの白い上ばきは、どこに行けば買えるのですか？」

ナツエが日本の幼稚園に体験入学した初日のお弁当。このサイズだとあまりいろいろ入れられないことも難しい…。

と、思わず尋ねてしまいました。

「この近くで今の時間でしたら…『ＳＥＩＹＵ』にありますよ！」

かくして、無事に白い上ばき獲得。残る関門はお弁当です。

気負う必要はまったくないのですが、何しろ生まれて初めての体験です。日本では、お母さんたちがアニメのキャラクターをかたどったお弁当づくりをはじめ、お弁当づくりに命をかけている（ごめんなさい。オーバーでした）という噂も耳にしていましたから、前日からすでにストレス。

過去に私たちきょうだい三人のお弁当づくりを経験している母は「大丈夫よ」と一言。母とともに、翌日からごはんに海苔で顔を描いたり、タコさんウィンナーやウサギリンゴなどをつくる日々が始まりました。お弁当箱をカラにして帰ってくると、うれしいものですね。

フランスの学校では昼食をカンティン（食堂）で食べるか、一度帰宅して食事をするのか選択ができます。

カンティンのメニューは立派で、前菜、メイン、フロマージュ（チーズ）、デザートとなります。これでワインがあれば、大人にも十分通用します。ちなみに娘の幼稚園のランチ代は一食６€《ユーロ》（日本円で約７２０円）です。高いです…。

お子様ランチの「旗」は日本だけのもの？

日曜日によく友人ファミリーとランチに行くのですが、手品やイベントなどのアトラクションがある、子どもも楽しめるようなレストランを選んでいますので、子ども用メニューがあります。

でも出てくるのは、大人と同じ分量の大人と同じようなメニュー構成です。違いは、お子様用メニューは2〜3種類の中から選ぶということと、ジュースとデザート（アイスクリームかヨーグルト）がセットになっているということ。

日本のお子様ランチのように、チキンライスに旗が立っていたり、分量が少ないということがないのです。

グラスやプレート（お皿）、ナイフ、フォークだって大人と同じものを使います。小さめのスプーンやフォークをお願いするとコーヒーやデザート用のスプーンやフォークが出てきます。

日本でレストランに行くと、ちゃんと子ども用のプレートやプラスティックのコップ、握りやすいフォークやスプーンを用意しているところが多く、感動しました。割れにくいというだけで、気持ちに余裕ができました。フランスでは離乳食しか口にできないべべ（赤ちゃん）でなければ、子どももほとんど大人と同じ物を口にしているような気がします。

よほどスパイシーなものをのぞいては、我が家も子どもたちは私たちと同じ物を食べています。

食べ物に限らず、一人の人間の「個」を大切にし、赤ちゃんといえども子ども部屋で一人寝をさせるのが当たり前のフランスは〝子どもだから特別〟という考え方があまりないお国柄なのでしょう。

とはいえ、日本もフランスも共通しているのは、子どもたちはパスタやご飯が好きということ。今夜も娘から「明日はパスタがいい」とリクエストがありました。パスタですと、放っておいてもよく食べてくれるので、明日の夜はパスタに決めました。ちょっと楽をさせてもらいます。昼間に野菜をたくさん小さく刻んで混ぜたソースを作っておけば、準備はOKです。

ちなみに今のところうちの子どもたちにとって〝おふくろの味〟となりつつある、このパスタソースの作り方をご紹介します。

タマネギ、ニンジン、ピーマン、パプリカなどの野菜、冷蔵庫に残っていればシャンピニオンやセロリも加えます。日本なら生シイタケなどもよいでしょう。

これらの野菜を全部みじん切りにします。あればフードプロセッサーを使うと楽ですよ。タマネギだけは、えっ、こんなに⁉　というぐらい入れます。

まずはたっぷりのタマネギをじっくりと炒めます。次にすべての野菜のみじん切りと、ひき肉をバターでじっくりと炒めます。味つけは塩、こしょう。そこにトマトソースをプラスして、仕上げに生クリームで味を調えれば完成です。ゆでたてパスタにこのソースをかければ、とてもヘルシーで美味しい一品ができあがります。

大人用なら仕上げに白ワインを加えてもいいでしょう。我が家では、シャルル・エドワードもこのソースが大好きで、私と彼は、ここにパルメザンチーズをたっぷりたっぷり、それこそドロドロになるくらいまで加えてパスタによく絡めていただきます。

一度にたくさんつくって小分けにして冷凍しておきますが、パスタはもちろんのこと、白いご飯にトローッとかけてあげると、娘は喜んで食べてくれます。

野菜不足かな…という時の心強い味方です。

好きな食べ物は〝素食〟です

決して人にはお見せできない冷ややっこ

ちょうど、先ほど、ご飯が炊き上がりました。もう1年以上、パリのキッチンでは土鍋でご飯を炊いています。

1年半前に炊飯器を買い替えようと東京で店称（自称ならぬお店がいうところの）〝最高級の炊飯器〟を購入。お値段もダントツに高く驚きましたが、これさえあればフランスの硬水でも、じっくりとお米が水を含んでくれて、ふっくら美味しいご飯が炊き上がるとの店員さんの話に、せっかくなら良いものを買って、長く大切に使おうと購入を決意。

しかし、知らなかったのですが、炊飯器やドライヤーなどは、かなりの熱量を必要とするんですね。そこで、この〝最高級の炊飯器〟をパリで使うには、1600Wの大きな変圧器が必要とのこと。

ついでに、性能のいい日本のイオン式ドライヤーもパリで使いたいわといったら、ドライヤーもこの大きな変圧器が必要とのこと。

変圧器はタテ、ヨコ15㎝、奥行き20㎝、重さは5㎏くらいだったでしょうか？髪を乾かすたびにこの大きな変圧器を抱えて家の中を移動するのは面倒ですから、ドライヤーは断念。そしてはるばるパリまで、炊飯器は手荷物にして大切に抱えて帰ってきました。

しかし…。試してみると、結局は変圧器が合わず、炊飯器とともに返品することになってしまいました。

返品の際にお店の責任者の方がいうには、この〝最高級炊飯器〟は、どんなに大きな変圧器（つまり1600W以上）を使ったとしてもヨーロッパでは使えなくなる可能性のほうが高いとのこと（つまり、壊れるんです）。皆さんも気をつけて下さいね。私も良い教訓になりました。

というわけで、今は土鍋派です。炊飯器より手間は少しかかりますが、でも土鍋で炊いたご飯は美味！　ふたを開けた時にふわっと立ち上る香りに、思わず笑みがこぼれます。

4、5合まとめてつくり、小分けにしてすぐに冷凍。子どもたちも私もご飯が大好きで、ご飯に白ごまと昆布の佃煮を混ぜたり、シラスや梅干を混ぜたり大好きなものをいろいろと混ぜたりして、海苔に巻いていただく時の幸せといったら、

ご飯好きの我が家を支える愛用の土鍋です。

フランス料理が誇るフォアグラやキャビアやトリュフだってかないません。プラス、ネギとワカメたっぷりのお味噌汁があれば最強です。

とにかく私は海苔やワカメ、モズクなどの海草類が大好き。

私の大好きな豆腐の食べ方をご紹介します。

豆腐に白ごまをたっぷりかけて、かつお節もたっぷりかけます。そして、最後に豆腐が見えなくなるくらいたっぷりと、刻んだ海苔をふりかけて、お醤油でいただくのです。

見た目は美しくないので、というより海苔の量が半端ではないので、写真でお見せするのは控えますが、と〜っても美味しいですよ。

こんな海草好きのおかげで、フランスでもよくほめていただく黒髪は、フランスの硬水にも負けることなく元気なのだと思います。

数年前に日本で診ていただいた鍼灸師の先生は「江里子さんの体は素食の体だ」とおっしゃいました。一応、ほめ言葉だったようです…。

つまり、内臓や体に余分な脂肪がなく、体に必要なものだけを食べているということらしいです。フランス生活も8年目となり、出産も経験し、今は、随分と体も変わったと思いますが、好きな食べ物が〝素食〟であることに変わりはあり

炊きたてご飯。おかずは何もいらない…。一度にたくさん炊いて冷凍保存します。

ません。

どの国にいても、いつも急に食べたくなるのは、私にとって梅干しおにぎりとワカメとネギのお味噌汁なんですもの。

マルシェの恵みのつまみ食い

プチトマトに、ぶどうに、ルバーブに季節を知る！

我が家のつまみ食い＆おやつをご紹介します。何も難しいことはありません。夏場はマルシェの八百屋さんで山ほどのプチトマトを買ってきます。

赤、黄色、緑と紫が混ざったような色合いのトマトをとにかくどっさり！　しっかりと洗ったら大きなお皿にトマトを並べるのです。できるだけトマト同士が重なることのないように、どのトマトもきちんと顔をのぞかせるように並べます。

私は甘みの強い黄色いトマトが大好き。娘は赤や黄色が色として好きみたいで、それを選んで口に運びます。口に入れるとコリッと音がして皮がはじけるんです。

このトマトをキッチンのテーブルの上に置いておくと、1kg以上あったのに3日後には何もなくなっています。彼や私はキッチンに入るたびに1粒2粒つまみ食い、子どもたちはおやつの時間や夕食の前にちょっとつまみ食い。

秋になれば、これがぶどうに替わります。紫やグリーン、その二つが混じり合った色、黒に近い紫などのぶどうの粒を枝からはずし、きれいに洗ってお皿に並べておくのです。そして一年中、冷蔵庫に入っているのはフランスのアジャンという地域でつくられているプリュノー（プルーン）や干したアブリコ（アプリコット）。これもつまみ食い要員。食後のデザートにもいいけれども、ちょっと口寂しいなぁという時にはポイッと一口。子どもたちも大好きです。

そして主に子どもたち用には干しレーズン。フランスの黄金色のレーズンはやわらかくて甘みもあり、美味しいのです。出かける時にもいつも小さな袋に入れて持ち歩いています。実家の母はプリュノーやアブリコの大ファン。姪や甥たちはレーズンが大好きなので、日本に行く時には頑張って大量に買っていくのですが、これがけっこう重いんですよね。

そして、時間がある時にまとめて大きなお鍋でつくるのがコンポートです。りんご、洋なしといった果物を、何も加えずにグツグツと煮るだけ。果物自体の水分があるので、水も加えなくてよいし、甘味も果物自体の自然な甘さを楽しみます。最後にカネル（シナモン）を加えてできあがり。

夏は断然、ルバーブ。ルバーブは、日本では長野などの信州の地方では栽培され、生のまま、またはジャムなどにして販売されているそうですが、あまり見かけませんよね。辞書によると『シベリア原産の多年草、タデ科の薬草「ダイオウ」

の仲間』とありました。葉と茎の形がフキに似ています。食べられるのは茎のみで、繊維質が多く、そのままだととてもすっぱい！　私の感覚としては、野菜と果物の間という感じでしょうか。

このルバーブをコンポートにするのですが、りんごや洋なしに比べてつくるのにはかなり時間がかかります。また、そのままではすっぱすぎるので、ルバーブの場合はお砂糖を加えます。それでもいくらか控えめにしておいて、食べる時にミエル（ハチミツ）を加えるのです。

コンポートはつくりおきをしておいて、デザートにいただいたり小腹がすいた時におやつとして食べたり、朝はプレーンヨーグルトに混ぜたりして楽しみます。

我が家の健康的なつまみ食い＆おやつ用の食べ物はこんな感じですが、チョコレート好きの私は、一日に何回かブラックチョコレートを一かけ口に入れていますし、子どもたちはもちろん、クッキーやボンボン（キャンディー）が大好きなので、おやつにあげることもあります。

二人の子どももいろいろなものが食べられるようになったので、そろそろ、私の大好きなバナナケーキやキャロットケーキを手づくりしたいと思っています。でも、そうするとつまみ食いどころか、一気に食べてしまいそうで不安な私です。

フランス人は本当に食通か？

173％…恐るべし、フランスの食料自給率

美食大国フランスですが、フランス人が毎日、私たち日本人がイメージするところの〝フランス料理〟を食べているわけではありません。むしろこれは生活全般にいえることですが、フランス人の食生活もまた質素堅実だと思います。

この食の場合の質素堅実というのは、旬のものをシンプルに美味しくいただくということ。はしり（出始め）やなごり（終わり）の珍しい時ではなく、出盛りの一番大量にあって、美味しくて安い時にそれをいただくということです。

フランスにおいて、地方のみならず、パリなどの都会でもマルシェ（市場）はとてもポピュラーな存在です。パリ市内だけでも至る所に市《いち》が立ちますし、マルシェはいつも賑わっています。

なんと、フランス人の胃袋を満たす食物の90％近くは国内で生産されているのです。じつはフランスは、西欧最大の農業大国でもあります。

フランスの食料自給率は、なんと173％。なかでも小麦の生産量は2005

我が家の得意料理① 有塩バターを使ったガトーショコラ。

年でおよそ3700万トンと、世界第5位にランクしていて、生産過剰とまでいわれています。また、EU27カ国の全土を合わせた農用地のうち、15%以上をフランスが占めているのです。

また、フランスといえばフロマージュ（チーズ）ですが、フランス人は世界一フロマージュ好きの国民だそうで、一人当たりの年間消費量は20・4kgといわれています。世界中で600～1000種類ともいわれているフロマージュですが、そのうち、およそ400種類がフランスでつくられて、世界一のフロマージュ生産輸出国でもあるそうです。

つまり、国民が大好きで一番消費しているものは、自国で一番生産し、種類も多く、輸出も世界一のものなんですね。

フランス人は、自国の食に誇りを持っています。決して高価な珍しい食材ばかりを使った料理を好んだり、有名なレストランばかりを食べ歩いたりするのではなく、自国で生産された、その時期一番美味しいものを美味しくいただくことを大切にしている…。そういう意味ではフランス人は食通なのではないでしょうか？

ポアロー（西洋長ネギ）を蒸して、手づくりソースと一緒にいただいたり、コ

我が家の得意料理②　ジゴ　ダーニョと野菜をグリルしたもの

ルジェット（ズッキーニ）を薄く輪切りにしてオリーブオイルでじっくり炒め、最後に少しのハーブを加えていただきます。トマトのシーズンには、モッツァレラチーズと合わせて、シンプルなアンティパストに。ピーマンをオーブンで焼いてマリネにしたり、シャンピニオンをバターでソテーしていただいたり…どれも、とっても簡単にできて、素材の味を楽しめます。

食べることが好き。食べることが幸せ

フランスのファッション誌で、以前、日本人の「ブランドマニア」の特集が掲載されていました。写真には、家中、『グッチ』の服や小物、紙袋で溢れている人。4畳半1間、お風呂、トイレがついていない殺風景な部屋で『エルメス』のバッグやスーツ、そして『エルメス』のオレンジ色の箱を積み上げて微笑んでいる男性の写真…。生活に必要なものを我慢して手に入れた〝ゼイタク〟という印象を受けました。

我慢したことの一つが〝食〟であるというケースも多いのではないでしょうか。

その時に、彼らが食べることをきちんと楽しめていたか、ふっと気になりました。

もちろん、自分の収入を何に使い、何を優先順位の一番に持ってくるかは人そ

マルシェの旬の野菜を使った野菜のマリネ。シンプルですが、意外と時間と手間のかかる料理です。

れぞれの自由ですから、本人が満足し、納得しているのなら、他人がとやかくいうことではないのですが、〝美味しく食べること〟を我慢することはフランス人にはありえないことでは？　と思いました。

少なくとも、ものを買うために〝美味しく食べる〟ことを我慢するフランス人はいないでしょう。だって〝食べる〟ことは彼らにとって〝生きる〟ことそのものというぐらい大切にしていますから。

食通という言葉には、舌が肥えているかどうか、味覚が繊細であるかどうかももちろん含まれるのでしょうが、何よりも大切なのは〝食べることが好き〟かどうか、〝食べることを大切にしている〟かどうかではないでしょうか？

夜の食事は、バゲットにバター、ハムやチーズをのせて、デザートは果物やヨーグルトだけ、というフランス人もたくさんいます。これは私たちもお気に入りのメニューで時々やっています。バゲットもハムもチーズもマルシェやお気に入りのお店で買ったものであれば、それだけで最高に幸せなんです。

神楽坂、一日散歩

東京・神楽坂界隈は多くのフランス人が居住し、今、「日本のパリ」ともいわれていると友人から聞きました。訪ねてみたいと思っていたところ、やっと実現。石畳、豊かな緑、文豪が執筆活動のために逗留したという旅館「和可菜」の黒い板塀…。久しぶりの神楽坂は新しい発見がいっぱい。

神楽坂を400年見守る毘沙門天さま

東京の“縁日発祥の地”ともいわれる神楽坂。武家屋敷だったこの地が賑わい始めたきっかけは、この毘沙門天 善國寺が建立されたことによるそうです。楽しい商店街から路地を一本入ると純和風の趣きが美しい料亭「しなり」もありました。

『近江屋』
懐かしいお母さんの味

優しい笑顔のご夫婦手づくりのお惣菜屋さん。常時40種類がお店に並びます。うずら豆の甘煮は農林水産大臣賞を受賞。

ショップデータ
東京都新宿区神楽坂5-32
TEL:03-3260-2528
営:9:30〜19:30
休:日曜

『梅花亭』

作り手の顔が見える安心感

昭和10年創業の和菓子屋さんです。国内産の上質な素材を旬の季節に使う。無添加にこだわる。そんな基本に忠実なお店です。お菓子は大量生産せずに店内で一つひとつ手づくり。お菓子が傾かないように箱を不織布の風呂敷に包んでくれる細やかさがうれしいです。

ショップデータ
東京都新宿区神楽坂6-15
TEL:03-5228-0727
http://www.baikatei.co.jp
営:10:00～19:30
休:不定休

9～12月限定の栗蒸し羊羹。さっぱりしているけど、もちもちしていて美味。この時期は毎朝6時から小豆を炊いて、餡をつくり始めるんですって！ 全国各地から旬の果物を取り寄せてつくるジャムも和菓子屋さんの隠れた人気商品。

『椿屋』

天平から伝わる、和の香り

お店の中に入ると、伝統的な薫香が並んでいます。天然生薬からつくるお香は、火をつけて初めて奥深い香りが広がるのが特徴だそうです。匂い袋やお花の形の浮きローソク、かわいいポチ袋など、心ひかれる色合いの和の小物がたくさん…。パリの友人たちに「日本のお土産よ」と渡すと、喜ばれそうなものばかり！

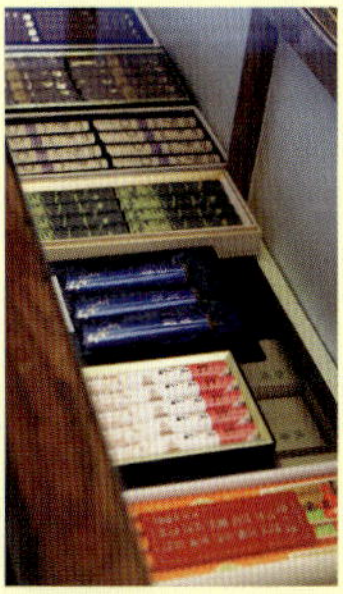

ショップデータ
東京都新宿区神楽坂3-6
TEL:03-5261-0019
http://www.per-fume.jp
営:10:00～20:00
休:無休

家族で楽しめる本場の味わい

『ル・ブルターニュ』

フランスのブルターニュに本店があるクレープリーです。表参道にあるお店には家族で行ったことがあるのですが、こちらは今日初めて！　ウッドデッキのオープンテラスで、オリジナルのシードルやガレットで早めのランチタイム。チーズやハムも、フランスから直輸入しているというこだわりの甲斐あって本当においしいの。ボリュウムもたっぷりで、家族連れも多いので、娘や息子を連れてきても安心して楽しめます。

ガレット、シードル、サラダ、デザートクレープがついたセット。ランチタイムは1,680円でいただけます（平日のみ）。

ショップデータ
東京都新宿区神楽坂4-2
TEL:03-3235-3001
http://www.le-bretagne.com
営:11:30～22:30L.O(月～土)、11:30～21:00L.O(日・祝)
休:月曜(祝日の場合は営業)

『ラ・ロンダジル』

若い女性オーナーの感性が素敵！

古民家を改装して作った店内は、和と洋の空間が美しく混在しています。若い女性オーナーの感性で選ばれた手作りの器や生活雑貨は、おしゃれな上にきちんと実用的。日本らしい鉄瓶があるかと思えば、ヨーロッパの木製の食器やアンティークのアクセサリーがあったり…。私は白い大ぶりのお急須を思わず購入！2009年10月からお店が移転するそうです。

ショップデータ
東京都新宿区神楽坂3-4
TEL：03-3260-6801
http://la-ronde.com
営：12：00〜19：00
休：日曜・月曜
（2009年9月までこの場所、番号となります）

『貞』

こだわりの靴が見つかる

オーダーメイドの靴も注文できる個性的な雑貨屋さんです。靴の仕事に携わっていたオーナーが始めたお店なので、素敵な靴がとにかくたくさん！　靴、大好きな私は見ているだけでも楽しくて…。鼻緒がシックな下駄を見つけたので、シャルル・エドワードへのお土産に…。他にも、浴衣や風呂敷、麻紐のシュシュやサンゴや半貴石のアクセサリーなど、全国各地の若手作家によるセレクトされた小物が並んでいます。でもお値段は比較的手頃なのがうれしいです。私が行った時は柔道着をリメイクした鞄…という面白いアイテムもありました！

ショップデータ
東京都新宿区神楽坂6-58
TEL：03-3513-0851
http://www.sadakagura.com
営：12：30〜20：00
休：不定休

ホテルの中にあるティーラウンジでは、コーヒーや簡単なお食事をとることができます。ホテルとしては小さな造りなので、ロビーやティーラウンジでも、自分の家の居間のように寛げるところが魅力。ソファーにもたれてゆったりとティータイムを過ごしていると、時の経過を忘れてのんびり気分になります。イギリス式の優雅なアフタヌーンティーセットはたっぷりとした量なのでランチ代わりにもおすすめ。2300円からです。

ショップデータ
東京都新宿区神楽坂2-20-1
TEL:03-3267-5505
http://www.agneshotel.com
休:無休

思わず、時の流れを忘れる空間

『アグネスホテル東京』

表通りの喧騒を抜けて、迷路のような石畳の路地を進むと、緑に囲まれたホテルの外観が見えてきます。アグネスホテル東京は日本では珍しい、客室わずか56室の小さいけれど、ラグジュアリーなホテル。隠れ家のような雰囲気が心地よくて、散歩の途中、つい立ち寄りたくなります。長期滞在者用のアパートメントも併設していて、海外、特にフランスからいらっしゃるビジネスマンは口コミで増えているんですって…。宿泊しなくても、レストランやエステサロンを利用できます。

『緑の豆』

焼きたて、挽きたての豆専門店

緑の豆とは焙煎前のコーヒー豆のこと。焙煎前の豆を世界中から集めて、常時15種類以上を揃えている焙煎所です。生豆を選んで、お好みの加減にローストしてくれて、お好みに挽いてくれるという、ワガママの通るお店。ミルクたっぷりのカフェオレを愛飲する私は、店内に入ったとたん漂うコーヒーのいい香りにクラクラ。「神楽坂ブレンド」や「朝日坂ブレンド」、「舞妓」など、この土地ならではの命名のブレンドも揃っています。

ショップデータ
東京都新宿区神楽坂6-57
TEL:03-3269-3712
営:10:00〜20:00
休:木曜

店内でも飲めますが、テイクアウト用のコーヒーもあります。左の木製の棚は、自分専用の豆を取り寄せて保管しているお客様のためのボックス。ボトルキープならぬ、ビーンズキープです。誰かに自慢したくなる、ちょっとした贅沢ですね。オーストラリアの原住民アボリジニのアートも飾られていて目にも楽しいお店です。

『トンボロ』

建築家のご主人がつくったコーヒー店

日本に昔からあるような「喫茶店」が私は大好き。建築家でもあるご主人が設計した、木の温もりが溢れるお店です。通りに溶け込む緑を配した茶色の外観、使われているガラスや木材、親しみやすいように小さめの入口…。そんな一つひとつに、心地よさを感じます。オーダーを受けてから、一杯ずつペーパードリップで丁寧に入れてくれるコーヒーを飲むと、気分はすっかりノスタルジックに。

ショップデータ
東京都新宿区神楽坂6-6
TEL:03-3267-4538
営:10:00〜19:00(平日)、
9:30〜18:00(土・日・祝)
休:木曜

神楽坂土産

神楽坂には、なんだか懐かしくて、情緒溢れるアイテムがいっぱい。伝統の香りや、こだわりを感じさせてくれるものばかりで、フランスの友人へのお土産にもぴったりです。

浮きローソク「あかりの花めぐり」(椿屋)3,150円
水に浮かべて灯すローソク。色とりどりで、すべてお花の形。美しい和菓子のようです。

栗蒸し羊羹(梅花亭)1,000円
生栗を使用しているため、秋から冬の限定品です。ごろんとのった栗と、もちもちの食感が癖になりそう。

梅花亭の無添加ジャム
(梅花亭)各950円
ブルーベリーのみ1,400円
季節の果物が、もっとも旬な時につくる贅沢なジャム。さっぱりとした爽やかなお味です。

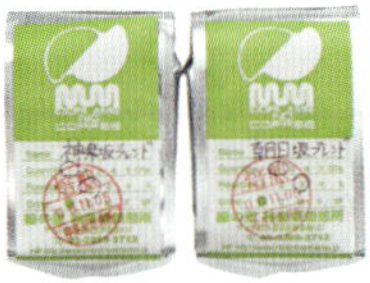

神楽坂ブレンド、
朝日坂ブレンド(緑の豆)
各555円、495円(100g)
お店ご自慢の、オリジナルブレンド珈琲。挽きたての豆をすぐに密封し、香りを逃しません。

香袋
お香

お香とお香袋
1袋315円と
2,625円(椿屋)
お香もお香袋も、お店のオリジナル。「懐剣」は、昔の嫁入り道具の一つだそうです。

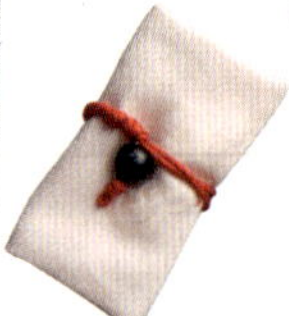

香袋 525円(椿屋)
手の平に収まるサイズ。香りが優しく広がります。

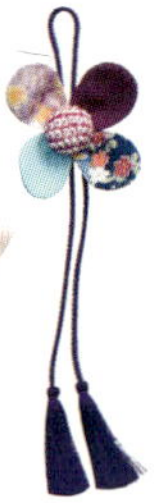

飾り花 1,260円(椿屋)
クローゼットの中に吊るしておけるタイプのお香。ピンク色もあります。

マルチケース(貞) 3,150円
携帯やデジカメ、iPodなどを収納します。ひもで締め具合を調整して。

さんごのピアス
(貞) 4,200円
沖縄在住の作家さんによるさんごのピアスです。鮮やかな赤色。

シュシュ(貞) 3,150円
流行のシュシュも、こんな和風のデザインだと新鮮ですね。ブレスレットにも使えます。

煮豆(近江屋) 100g 160円
あっさり、ふっくらしているお豆は全10種類。写真は、うずら豆とうぐいす豆。

リネンキッチンクロス
(ラ・ロンダジル) 1,260円
シンプルだけど、かわいらしいデザイン。クロスは大好きで、何枚あっても重宝します。

ポチ袋(貞) 367円
お店オリジナルのポチ袋。いつもお財布に忍ばせておきたくなります。

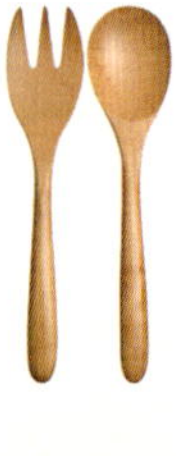

メープルサーバーカトラリー
(ラ・ロンダジル) 各1,270円
お料理の取り分けに、我が家でも大活躍しそう。木製なので、子どもにも安心して渡せます。

須藤華順　革のブックマーク
(ラ・ロンダジル) 1,050円
愛らしい鳥の形のしおりは、使うほどに味が出てくる革素材です。

Chapitre 3
L'Épouse, la Mère, la Femme

妻、母、そして女性としての毎日

「スーパーママ」ベアトリス登場！

忙しくても本も執筆、デートも楽しむ

日本もここ数年で随分変わってきているとは思うのですが、それでもまだまだ女性が自分のやりたいことをやるには、別の何かをやめるという選択をしなければならないことが多々あるのではないでしょうか。

それはなんといっても仕事！　現代の女性（もちろん男性にも）にはさまざまな選択肢があっていいと思うのです。仕事も家事も子育ても趣味も…すべてやりたい人はやればいいと思うのです。

ただし、自分の責任においてマネージメントをしっかりとしなければなりませんが…。欲張りにぜ～んぶやりたいと思っている人が、周りの人の強い意見によって選択を迫られ、そして多くの場合、仕事のキャリアを断念せざるをえないのは、とても残念。その人の気持ちの中につねに「やめさせられた」という意識が残ってしまうのでは？　と私は心配になります。

フランスの素敵なところは、女性にその選択が委ねられているし、選択肢も日

本に比べて多いこと。これまでに、日本女性とフランス女性の違いをフランスにいる友人たちと多々話し合ったことがありますが、彼女たちの誰もが驚くのが、結婚か仕事か、仕事か子育てかなど、多くの日本人女性が立ち止まって考える時期があるということです。ごく普通に「ねえ、なんで仕事をやめるかどうしようか、考えなきゃいけないの？」と聞かれました。う〜ん、と答えに困りました。

パリにいる私の友人のフランス女性の95％が、結婚しても仕事を続けています。私の友人たちに限らず、統計でも既婚女性の77％以上が仕事を持っていると聞きました（2007年）。もちろん、子どもがいる人も多数です。

しかも、私の友人たちに関していえば、子どもの数は平均3人、多いファミリーは5人！　当然、自分一人ですべてをこなすのは不可能です。ご主人やベビーシッターさんとの連携プレーは見事なもの！

友人たちの職業はさまざまです。テレビ局やPR会社勤務、ファッションのマーケティング担当、ジャーナリスト、薬剤師、高校で哲学や文学を教える教師、カメラマン、銀行勤務、雑誌の編集者、モデル、タレント、弁護士…とにかく多岐にわたっています。

弁護士のベアトリスは、8歳半、6歳半、5歳になる3人の子どものママ。一日のスタートは早朝5時だとか。5時から子どもたちが起きてくる朝7時までは、本を執筆したり、自分の仕事をしたりしています。

その本というのも、法律の専門書ではなく、彼女はお料理がとても上手なので、お料理にまつわる話などを書いているのです。ベアトリスは子どもたちの身じたくや朝食をすませた後、子どもたちを学校や幼稚園に送っていってから、自分の出勤準備をして自宅の近くにあるオフィスで仕事。

彼女の帰宅は夜中になることもしょっ中なので、子どもたちを寝かしつけるのは、ご主人の仕事。一体、いつ寝ているのかしら？　このカップルはとにかく忙しいので、二人とも自宅から歩いて5分以内の所にオフィスを構えています。それでも、自宅でディナーをしたり、夜、外出することも多いようです。

まずはベアトリスの体力に驚き、そして、見事なオーガナイズに拍手。さらに彼と二人、お互いの仕事を尊重しながら、子どもたちと関わっているというのは、見事だと、いつも感心してしまうのです。

ネイルはしばらくお預け…にはワケがある

働くフランス女性の中でも彼女は、友人たちからもすごい！　といわれていますし、シャルル・エドワードはこのカップルを〝ウイニング・カップル〟と呼んでいるくらいですから、フランス女性の中でもかなり特別ではあるのでしょう。

ベアトリスはとにかく忙しく、自分の時間は週2回の美容院だけ。それでもシャンプー以外の時間は、書類に目を通しているため、ネイルをしてもらうこともできないといいます。思わず二人で爪を見せ合ったのですが、笑ってしまうほど二人ともひどい爪でした！

ベアトリスのところには、朝10時から夜8時まで、以前ホテルに勤めていた女性が来て家のことを担当。夕方の子どもたちのお迎えもその女性がします。

そして、ウィークデイは毎日、定年退職をした元教師の女性が2時間、子どもたちの勉強をみてくれているとか。

他の友人からベアトリスの子どもたちはとても優秀と聞いていましたが、それをいうとベアトリスは笑って「その先生のおかげよ！」と。勉強の後の食事などは、家事担当の女性の仕事。そして8時にはパパが必らず帰ってきて子どもたちを寝かしつけるというのが毎日の習慣です。

朝はベアトリスが、夜はご主人が子どもたちとの時間を持って、バランスを取るのですね。

私、クソババアといわれました…。

もっとも魅力的だと思う女性は50歳代

パリに住み始めてすぐに通った語学学校にミッシェルという先生がいました。

初めて彼のクラスになった時には、まだフランス語のレベルも初心者に近かったので、授業についていけず、先生のことも何となく好きにはなれませんでした。

でもそれから半年後、フランス語の理解力も少しつき、ふたたび彼のクラスになった時には、授業が楽しく先生ともいろいろな話ができるようになり、一気に語学力がアップしました。そんなある日、何かのきっかけでミッシェルがどこから か教わってきたらしい日本語を私に向かって発したのです。

「クソババア」。

「え〜!?」。もちろん、その後のミッシェルの話を含めて、からかっているのはわかっていましたが、考えさせられるものがありました。

私がフランス人男性と結婚していることを知っていたミッシェルは、

「エリコは日本ではクソババアと呼ばれる年齢なんだ。30歳を過ぎていると、(ちなみに私は32〜33歳でした）日本人男性は見向きもしてくれないから、エリコはフランスに来て、フランス人と結婚したんだ。日本では女性は若くないとね」なんていうのです。

クラスの18歳から20歳代前半のさまざまな国からやってきている生徒たちは、その話に驚いていました。日本人の知り合いから教えてもらった話とのことでしたが、あながちウソではないだけに考えさせられました。

ここ数年で、日本の男性の意識も随分と変わってきたと思いますし、みんながみんな「女性は若い子がいい！」というわけでもないと信じたいです。でも欧米に比べて、やはり日本の男性は、女性は若いほうがいい、かわいいほうがいいという傾向が強いように思うのです。

もちろんフランス人男性だって、若くてかわいらしいお嬢さんが嫌いではありません。でも、ともに時間を過ごしたり、生活をしていく相手としては、自分をしっかりと持った精神的に自立した女性を求めますし、お互いに刺激し合える女性を必要としているようです。

シャルル・エドワードに「フランス人だって若い女性、好きでしょ？」と尋ねたら、「そりゃ、若くて美しい女性と一度くらいなら食事をしてもいいけれど、

25歳の頃の1枚。確かに今より若さがあっても、中身はまるで子どもでした。

付き合おうとはまったく思わない。やっぱり自分を高めてくれる大人の女性でなければ……」という答え。さらにこんなこともありました。

私が25歳頃の写真を彼が見ていて一言。「うん、とってもかわいいけれども、この頃に出会っていたら、僕は恋に落ちていなかったかもしれない」。

いわせていただきますと、25歳の頃の私は仕事も大忙しでしたが、けっこう、いろんな男性が想いを寄せてくれた、私の中のちょっとモテている時期でもあったんですよ！　でも私自身も彼のいいたいことはよくわかっていました。人間として、女性として、まだまだ足りないことが多かったのです。もちろん今が十分なわけではありませんが、当時の私はまだ、薄い人間だったのです…。

以前、フランスの女性誌がこんな記事を掲載していました。フランス人男性が最も魅力的だと思う女性の年齢についてアンケートをとったところ、一位が50歳代、ついで40歳代だという結果になったと。

フランス人男性が愛するのは、「若さ」という期間限定の魅力ではなく、年を重ねるごとに、ますます増していくであろう女性の優しさや経験、人間としての深みなのです。だからこそ、フランス人の女性はどんどん強く、美しくなっていくのです、自信をもって…。

女性が三つの顔をこなすために

小さなＨＡＰＰＹを生活の中にたくさん見つける

女性として、妻、母、仕事の三つの顔をバランスよくこなせることができたら、こんなに素敵なことはありません。

私は残念ながら、今のところ自分がバランスよくこなせているとは思いません。すべてのことに１００％全力投球の状態でのぞみたいけれども、それではすぐに息切れをしてしまうでしょう。そのことに気がついたのは最近のことです。子育てはもちろんのこと、仕事、家事…自分の中のすべてのエネルギーを使っていたら、少々体調を崩しました。薬を飲めばすぐに回復するものではなく、時間が必要だということがわかりました。

子育ても仕事も体力勝負。子どもたちに疲れた顔を見せたくないので、いろいろ考えた末、妻、母、仕事の「仕事」の部分をかなり減らすことにしました。

たくさんの仕事を受けて、一つひとつがいい加減になってしまうのは絶対にイヤですから、少しの仕事でも、それに対して１００％以上のエネルギーを使えるような環境にしたのです。

仕事に関していえば、フリーの立場ですから、自分の状況に応じて対応ができ、これまでもフルタイムで会社に勤めていらっしゃるお母さん方に比べたら、子どもたちと一緒にいられる時間はずっと多かったと思います。でも、今、これまで以上に子どもたちと一緒にいることで、気持ちが安らぎ、体調も安定してきて、私の選択は良かったのだと実感しています。

あと数年すれば、息子も幼稚園に入ります。その時にまた、仕事へのスタンスを考え直せばいいのだと今は思っています。

バランスはその時々で変わっていくもの。三つの顔を連立するには、すべてに同じ力を注ぐのではなく、その時々で、比重が変わっていいのではないか、それでこそうまくバランスがとれるのではないかと感じています。だからこそ、今の自分がどうしたいのか、きちんと自分自身を見つめていなければとも思うのです。

残念ながら最近、妻の部分がおろそかになることが多いようです。

彼が必死に「あなたはママだけじゃなく、僕の奥さんです！」と訴えてきます。冗談でも「あ～忘れていた」なんていえない雰囲気なんですよ。

ふと、奥さんというのはなんだろうと考えます。彼は決して多くを望んでいるわけではないのです。自分のことを思ってくれる心の余裕があり、時間がある時には傍にいてほしい。二人の時には〝母親の顔〟ではなく、〝女の顔〟でいてほしいということなのでしょう。

女性に求められる役割は多いですね。

でも逆のことをいえば、女性はすべてを上手にこなせるから、求められるんだということかもしれません。そう考えれば、できないことはない！　と力がわいてきます。

いずれにせよ、さまざまな役割をこなすには、体力、そして安定した精神がとても大切です。自分のことは、ついつい後回しになってしまいますが、人はみんな自分自身がＨＡＰＰＹでなければ、周りの人たちをＨＡＰＰＹにすることはできません。だから今の私は日々、たくさんの小さなＨＡＰＰＹを生活の中に見つけることにしています。

友人のパリのアパルトマンのテラスにて。

カップルたちのデート風景

知らないところで離婚問題勃発！

フランスは完全に〝カップル社会〟です。友人宅でのディナーやランチでも、仕事のディナーでも、結婚式でもとにかくすべてに二人で招待されて、二人で出かける場がとても多いのです。

もし、どちらか一人で出かけることが重なると、「何か二人にトラブルでも？」と普通に心配されてしまいます。

友人のヨスラは私と同じように夜の外出が好きではなく、しかも徹底して出かけないので、誰もが彼女が来ないことに慣れていて、問題ないのですが、私の場合は違ったようです。

私は昨年の春頃から、体調を崩していたので、パリにいるのに夜の外出を控えていました。

シャルル・エドワードにしてみれば、一人で行かなければならないのはイヤだったようですが、仕方がありません。

そんなことが数カ月が続き、夏のヴァカンスの直前となったある日のこと。離婚問題でもめているデルフィーヌと彼女のお嬢さんのバースデイパーティで立ち話をしていたら「エリコのところも大変なんでしょう？　シャルル・エドワードはどうしてる？」と心配顔で質問が…。

え～っ！　いったい、なんのこと？　わけがわからない私。

しばらくして、ここ数カ月、彼が一人で出かけることが多かったので、誰かが「あの二人、危ないんじゃないか？」と言い始め、知人たちの間ではそういうことになっていたのだということがわかりました。

体調が悪いからといって、家でゆっくり休んでいることもできないですよね、これじゃあ。彼と二人、びっくりしたのと同時に大笑いしてしまいました。

結婚していようと、していまいと、子どもがいてもいなくても、フランス社会ではつねに基本はカップル。彼のご両親も親戚も、友人たちも近所の人も、とにかくみんな、み～んな、いかにカップル二人で過ごす時間が大切かを力説してくれます。

月に2回ほどの彼との土曜日のデート。お隣のアパルトマンの管理人さんは、喜んで子どもたちを預かってくれます。

他の人にも子どもたちを置いて二人だけでの旅行はしたことがないというと、「ダメよ。二人でどこか行かなきゃ」とフランス人の誰もがいいます。

きっと日本だったら、「子どもを置いて遊びにいくなんて…」といわれてしまうかもしれませんね。

二人で旅行を！　と誰もがいうけれども、そう簡単には実現しないことはやはり誰もが知っています。でも、自分たちも含めて周りもそんなふうに思ってくれていると思うだけで、うれしいものなのです。

仕事や育児で日々追われている中で、ほんの数時間でも、二人だけで向き合える時間と空間を持つことはとても大切です。

家ではゆっくり話せないことを、じっくり話し合って、気持ちが楽になったことがありました。

カップルのデートは何か特別なことをするのではなく、穏やかな気持ちで二人で一緒にいることです。カフェのテラスで道行く人を眺めたり、シャルル・エドワードは新聞を、私は本を読んだり、二人で肩を並べてただひたすら歩いてみたり…。

二人でいる…それが何より大切なのでしょう。

「彼と彼女」を持続する秘訣

日本ではよく妻と夫が、あるいは彼と彼女が相手のことを〝空気のような存在〟といいますよね。これは私なりの解釈では、そばにいてくれなくては困るけれども、特に緊張感を持つこともなく、居心地のいい人ということでしょうか？

〝空気〟をどのようにとらえるのか、人それぞれ違うでしょうが、私自身は、この表現をシャルル・エドワードに対しては使えないです。だって彼は〝空気のような存在〟ではないんですもの。

私たちはお互いにすべてをさらけ出せる居心地のいい間柄だけれども、つねに相手の目や心に注意を払い、緊張感を持っています。でもそれは、ストレスになる緊張ではなく、背筋がしゃんと伸びるような気持ちのいい緊張感。

夫婦であるけれども、馴れ合っていないと断言できます。しかし…、私たちのこの状況が夫婦として良いのか悪いのかはわかりません。でも、これが今の私たちのスタイルなのです。

結婚して8年になりますが、少なくともこれまではつねに心地よい緊張感をもって生活をしてきました。来年には変わっているかもしれませんが…。

そして、私たちはとにかくよく話します。最近は時間があっても、同じ部屋で二人してデスクに向かって黙々と仕事をしていることが多いので、土曜日のデートがさらに大切な日になってきました。

話題はさまざまです。子どもたちのこと、家族のこと、仕事のこと、昨日会った人のこと、将来のこと…。尽きることがありません。

相手の意見を求めることもあれば、ただ話を聞いてほしいだけの時もあります。話をしていると、相手のまた新たな一面が見えてきますし、最後にはいつも「あ～話せてよかった」となるのです。

私たちの場合、国籍が違うというだけで、それ自体がミステリアス。どこかでそれぞれの体に流れている血の真（心）の部分が違うことがわかっているので、そこを知りたい、理解したい、より近づきたいとお互いに努力をしているのでしょう。

そして一緒にいればいるほど、知れば知るほど、よけいにわからなくなってくることもあります。私たちにはいるだけでわかり合える〝空気のような存在〟とか〝あ・うんの呼吸〟なんてありえないから、わかり合うために、つねに相手を意識し、思ったことは伝えて、ケンカもきっちりするのです。

もし私が日本人の男性と結婚していたら…。もっとラクだったかなと思うこともなくはありませんが、私はこの緊張感が好きです。それに人としても、男と女としても互いに興味を失うことがないのはこのおかげではないかしら？

最近、頭にくることは、私がいうこと、なすことすべてが彼の想像を超えることらしく、「こんなに面白い人には会ったことがない」と大笑いされることです。私にしてみれば、「人が真剣に話している時に失礼だわ」と怒るのですが、まあ面白がってくれて、彼にとって私の新たな一面の発見なのであればいいのかなと思うことにしています。

ずっと彼と彼女でいるために…。私たちの場合はつねに緊張感を持っていることが大切なのでしょう。

余談ですが、先日テレビ番組で江原啓之さんに私とシャルル・エドワードの関係は〝空気のような存在〟といわれてしまいました。『あれっ？』…。

家族の風景、きょうだいのありがたみ

私が安心するのは自分の家族を大切にできる人

家族の存在は、私にとっては言葉で表現することができないほど大きく、深いものがあります。

神様が一つ願いを叶えて下さるとしたら、私の愛する家族みんなに永遠の命を授けて、ずっと私の傍にいてほしい。

私が初めてシャルル・エドワードとディナーをした時、私はフランス語が一言も話せず、彼は日本語が話せず、私はつたない英語を話すしかありませんでした。なんと私は「友だちを連れてきました」といって英和辞書を持参したくらいですから…。

こんな覚束ない会話のキャッチボールの中で、お互いに話をしていて、私がとても安心したのは、彼もまたとても家族を大切にしている人だったということです。

自分の家族を大切にできる人は、他の人の家族も大切にできると私は思います。

私にとって、日本の家族は誰よりも信頼でき、安心できるけれども、他の誰よ

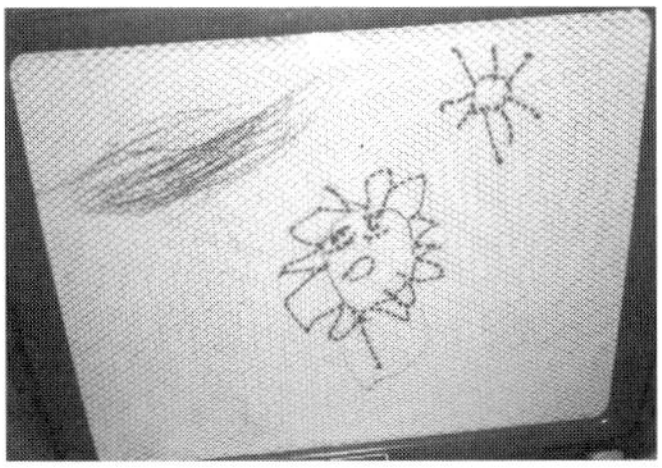

実家滞在中に
ナツエが描いた絵。

りも怖い存在でもあります。私の性格や考え方など、自分でもわかっていていわれたくないと思っている本当のこと、厳しいことをビシッと指摘されるからです。厳しいことやイヤなことをいわれれば、反論したくなるし、顔も見たくないくらいに落ち込みます。

でも反論したって、自分ではよくわかっているのです。家族のいっていることは間違っていないことを。ただ素直に認めたくないだけなのです。

だからやっぱり反論し続ける。すると両親はいうのです。「今わからなくてもいいから、どこか頭の片隅のほうにでもとどめておいて」。

私、1歳半下の妹、5歳下の弟と、きょうだい三人もとっても仲良し。じつによく驚かれるのですが、私は長女なんですよ。本当は、仕切ったり、人の面倒を見たり、お世話を焼くのが好きで得意な長女体質と思っていました。

でもしっかり者の妹にいつもいわれます。

「えりちゃんって、長女だから自分がしっかりしなきゃって思っているけど、じつは一番頼りないのよね」

私、返す言葉もなく、

「……」。

ナツエが撮影した
実家の犬、さり。

今はそれぞれにファミリーがあり、私はパリ、妹は義弟の赴任に伴いＮＹ、弟一家は東京に住んでいます。距離はとっても離れているけれど、前よりもさらに強くお互いのことを思っています。住む場所も仕事も生活のペースも何もかもが違っているけれども、それが妹の、弟の、そして私のファミリーの形であり、お互いにその違いを尊重しています。

それぞれの連れ合いである妹の彼、弟の奥さん、シャルル・エドワード、この三人も仲良し。特に妹の彼とシャルル・エドワードは男同士ということもあり、ほんのたまにしか会えないけれども、会うと二人でじっくり語り合っています。どうも私と妹の悪口をいっているらしいのですが（笑）。

本人たちはほめているといっていますが、本当かなぁ。

今では偶然同じＮＹに住むシャルル・エドワードのお姉さんファミリーと私の妹ファミリーが親しくしています。

姓はみんな違うけれども、とても大きな一つのファミリーになったような気がします。

今年のノエル（クリスマス）は、み〜んなでどこか暖かい所で過ごそうとシャルル・エドワードは計画中。総勢何人になるのかしら？　４家族で、子どもだけでも9人。ハチャメチャになることだけは決定的ですが、それもまた子どもが小さい今しかできない楽しみなのでしょう。

テントウムシの車に乗って遊ぶフェルディノン1歳の時。
我が息子ながら大っきい！

フランス版、嫁と姑の関係

嫁・姑問題を話す機会が意外にない

嫁と姑の関係というのは、フランスでは意外とさっぱりしているという印象を以前も、今も変わらずに持っています。でも実際はどうかというと…。やはりどこの国も同じようで大なり小なり、個々にそれなりの問題は抱えているようです。なんて書くと他人事のように感じていると思われるかもしれません。幸い、私の場合、シャルル・エドワードの両親とはこれまでのところ何の問題もなく、程よい距離間で、お互いの生活を尊重できています。義母への不満を、恐い顔をして彼にいわないですんでいるのはありがたいことです。どうしてフランスは日本よりもさっぱりしていると感じたかというと、家族といえども、老若男女それぞれが、まず第一に自分の生活を楽しんでいるから。特にパリの場合は、両親、あるいは義両親と一つ屋根の下に生活をするということはまずありません。

近所に住んでいても、お互いの生活はまったく別とばかりに、ノエル（クリスマス）やヴァカンスなどのイベントは別として基本的に干渉し合わない気がします。

２００３年夏の異常ともいえるフランスの暑さの際、一人暮らしの老人が多数家の中で熱中症で亡くなったというニュースが流れました。そこまでの暑さを経験したことがないフランスでは、エアコンのない家庭も多く、お年を召した方の中には体力的に部屋の暑さに耐え切れない方も多くいたのです。

この時、国が保管した遺体を引き取りにくるよう呼びかけても、身寄りのない老人は別としても、遺族のいる人々さえなかなか引き取り手が現れなかったという話を耳にし、胸が痛みました。遺体を引き取らないということはもちろん、そんなになるまで、肉親を放っておくということが…。個人主義というのもここまでくると、ちょっと考えものです。

さて、私が勝手にフランスの嫁姑関係がさっぱりしていると感じているのは、お姑さんのことについてフランス女性とあまり話をしたことがないからということもあるかもしれません。ほとんどの女性が仕事をしているので、女性だけでランチをしておしゃべりをする機会はあまりありません。

たまに女性同士でランチをしても仕事と夫と子どもの話で終始し、その時にお姑さんの話になるなんていう機会も時間もないのです。夜の外出はカップル単位で出かけますから、話題はまったくといっていいほど、姑問題になりません。

後で「○○のところは、お義母さんと大変みたいよ」などと聞いたりすることもありますが、それが話題の中心になることはまずありません。

フランス人は自分の考えをはっきりと主張する人たちです。また自分の感情を隠すことなく、はっきりと表に出してきます。それが、たとえ嫁と姑だとしても。

激しい主張の後は、ケロッと忘れて仲良し

ベネディクトファミリーとランチをした時、夫の両親、彼女にとっては義理のご両親も一緒でした。まだ私がフランス語に不慣れな時でしたが、ベネディクトとお義母さんが一触即発状態なのはその場の雰囲気から一目瞭然!

お互いのいうことに真っ向から歯向かうのです。表情だってとても険しくて、真剣そのもの。他人である私たちファミリーがいることなどおかまいなしです。

また、別の友人のクリステルの場合は、結婚式の当日に、彼から、彼のファミリーに代々伝わる、エメラルドの大きな指輪をプレゼントされました。

婚約中からお義母さんとは、そりが合わなかった彼女は、みんなの前で一言。「あ~ら、石はすごく汚れているし、デザインは古いし…。早くどこかでリフォームしなきゃ、このままじゃ使えないわ」と。

そこにいた友人たちは「空気が凍った」とその時を振り返っていました。

ここまで直接的ないさかいや争いがある場合は話が別かもしれませんが、主義主張を激しくした後は、いつまでも引きずらず、ケロッと忘れて仲良くしているフランス人。嫁と姑の関係も陰でいろいろと言い合うというよりは、案外さっぱりとしたものなのかもしれませんね。

ちなみに私は義理の両親のことを〝パパちゃん〟〝ママちゃん〟と呼んでいます。今では我が家の子どもたちもおじいちゃん、おばあちゃんのことを、一般的にフランスでいう〝パピー〟〝マミー〟ではなく、私と同じように呼んでいます。これは義理の両親が望んだことなので、二人とも喜んでくれているんですよ。

彼は結婚当初から、

「もし、僕の両親と何かあれば、僕はあなたを守るから」といっていました。

パパちゃん、ママちゃんは、

「シャルル・エドワードがわがままいったりしてあなたを困らせたら、私たちにきっというのよ。私たちがエリコを守ってあげるから」といってくれます。

遠い国から来た嫁を、こんなふうに大切に思ってくれている……感謝しなければいけませんよね。

人付き合いで大切にしていること

「謙虚」、「誠実」、「悪口をいわない」が三本柱

はっきりと意識し始めたのは大学に入った頃から。人に対して〝嫌い〟という感情が私にはなくなりました。

いいえ、正確にいうとちょっと違うかも…。意見が食い違ったり、意地悪をされれば当然「なによ！」と頭にくることはあります。

それこそ周囲に「○○さんって、こんなひどいことをしたのよ」と、いいたくなる時だってありました。

でもそんな時はちょっと落ち着いてみるのです。私が○○さんを悪くいったところで何も変わらないし、悪口をいっている自分自身がイヤになるだろうなあ。○○さんにしたって何か理由があってしたことかもしれないし…。

そして何より、○○さんにも家族や恋人という○○さんのことを大切に想っている人がいて、その人たちが○○さんが他の誰かに悪くいわれているのを知ったら、心が傷つくだろうなぁと想像すると、不思議とす〜っと気持ちが落ち着き、

ネガティヴな感情がなくなるのです。

私の家族、たとえば私の妹が、他の人から恨れたり、悪く思われていることを知ったら、私は自分が悪くいわれることよりも、もっともっと心が痛くなってしまうと思います。だから単純に、自分がされていやなことは相手にもしない、それが人と付き合う上で大前提としてあります。

そして、誰に対しても同じ態度で接したいと思っています。たとえば会社でいえば、上司に対しても、部下に対しても、同じ姿勢で話をすること。これは社会人として会社に務めてみて強く自分が自分に課したことです。

パリに住み始めてからは、日本人、フランス人だけでなく、さまざまな国の人と出会う機会が増えました。

言葉が思うように通じないことだってよくあります。お付き合い以前の問題でしょう。ところが、大して言葉を交わさなかった相手からまたお誘いが来たりするのです。

「なんだか、エリコのことがとても気に入ったんだって」とシャルル・エドワード。不思議です。

ありがたいお話なのですが、いつもいったい、何が？　と考えます。きっとまたお会いしたって、大してお話ができない私でしょう。

でも、ふと思いました。私は言葉ができない分、相手の表情やそのかもし出す空気から、その人を理解しようとします。たぶん、私がお会いした人たちは、私がその人を好きになろうとしている姿勢、その感情を読み取ってくれたのかもしれません。

私は社交的な人間ではないですし、大学生まではとても人見知りをするほうでした。しかし、今はそんなこと、いっていられません。フランスは基本的に黙っていても相手はわかってくれるという国ではないので、「人見知りだから…」なんて通用しません。だったら、気持ちを切り替えるしかないのです。堂々と笑顔でまずは挨拶。

それで人が自分に持つ印象は随分と違うでしょう。

こんなふうに書いていると、じつは私は人付き合いがとてもうまいのではないかと思われるかもしれません。とんでもないことです。人見知りだったり、うまく気持ちが伝わらなかったりで、けっこう、悲しい思いをしました…。

ですから、悲しい思いをしないためにも、人と適度な距離を保ってお付き合いをするようになりました。

適度な距離とはあくまでも感覚なのでうまく説明ができません。ただ、人はみんな一人ひとり違って、その人に起きることも、考え方も、感じることもどんなに似ている人でも違っている。だから、誰かが誰かのことを決めつけたり、面白おかしく話題にしたり、裁いたりしてはいけないということを忘れずにいたいと思っています。

毎日心がけている人付き合いの基本、それは私にとっては謙虚、誠実、悪口をいわない！　この3本柱です。

パリの友人と話す時、日本の友人と話す時

何度も何度も、しつこいぐらいにいっていますが、フランス人は議論好き！それはすさまじいものがあります。

10人集まれば、まさに十人十色とばかりに、それぞれの考えをまくしたてます。たとえば、同じテーブルを囲んでいる人数が5～6人なら、2、3人がほぼ同時に話をしていますし、ちょっとでも自分と違う意見が出たかと思えば、人が話しているのにおかまいなく、誰かが話に割って入ってきます。うるさいですよ。

とても疲れている時には、私の頭と耳は〝本日、営業終了〟の看板を下ろした

状態になります。

「ワタシハココニイルケド、ココニイナイ」。

しかし、油断禁物！　そういう時に限って「それで、エリコはどう思うの？」と質問が飛んでくるのです。

つまり、疲れていようと、いまいと、話が理解できていようともそうでなくても、頭はフル回転しています。

今まで出会った人たちの中で無口な人はいません。いえ、一人だけ知り合いのフランス人女性は無口かな？　とても雰囲気のある女性で穏やかな人です。何度か食事をご一緒しているのですが、彼女が自分の意見を他の人たちのように話しているのを見たことがありません。

でも、ある時、共通の知人が「彼女は面白くないから、ディナーには誘いたくない」といっているのを聞きました。彼女だって、ちゃんと自分の考えを持っているだろうし、話をじっくりするととても面白いのに。私はとても残念に思いました。そして、これがフランスという国なのだと改めて思いました。

つまり、フランスでは自分の考えを持ち、そしてそれを自分の中に抱え込んでいるのではなく、実際に外に主張しなければならないのです。「ウイ（はい）」、「ノン（いいえ）」もはっきりいわなければなりません。

日本では、特に女性が自分の意見を主張したりすると、〝気が強い、自己主張が強い〟などと、ネガティヴな印象を持たれてしまうことも残念ながらあるでしょう。でも、主張するということは、自分の意見とは違う意見を拒否するということではないんですよね。

違う意見が出てくれば「そうか、そういう考え方もあるのか」と新たな発見にもつながりますし、お互い率直な声を聞くことができれば、さまざまな意見を自分の中に取り入れて、自分のそれと照らし合わせて、もう一度自分の意見を考え直してみることができます。そうでなければなんの発展もありません。

かくして、フランス人と話す時は、彼が「エリコはフランス人になった」というほど、かなりはっきりと主張をするようになりました。でも、人を批判することだけは決してしません。

日本人の方と話す時には、ほんの少し、あいまいな、優しい表現を必ず加えます。それは私が自分を使い分けているというよりも、やはり、私自身が日本人として生まれ持った血や私の性質が、そのほうが心地よいというのが本音なのです。

局のアナウンサーをしていた頃も、友人たちや仕事でご一緒した方たちによく

「聞き上手」といわれていました。学生時代の友人たちは、「どうしてあまり話さない江里子がアナウンサーになったの？」と不思議がっていました。

「聞き上手」、人の話を聞くのが好きなのは、今も変わっていないと自負しています。でも、おしゃべりのほうも、フランスに住んだおかげで、かなりするようになりました。

しかし、おしゃべりはともかく、フランス人との議論の方は、いったいいつになったら、あの勢いに自然と入っていけるようになるのか…？

その頃には、茶飲み友だちならぬ、茶飲み議論のおばあちゃんになっているかもしれません。

大人の女性の友情について

大人になれば、心の距離は物理的な距離を超える

友情だとか友だちについて語るのは、恋愛について語るのと同じくらい難しくて、言葉が見つかりません。

友情に、もし形があるとすれば、それはその時々で変わっていくものでしょう。子どもの時には、仲のよい友だちとはトイレに行くのも一緒、それこそいつもお互いのすべてを知っていなければ気がすまず、二人（あるいはもっと大人数かもしれないけれども）がつねに同じ位置にいることが〝仲良し〟の基準や証だったように思います。

でもそれは、ほんの少しどちらかの位置がズレれば、もろくも崩れさっていってしまうもの。

何回も〝仲良し〟ができては離れ、そして大人になって、自分にとっての友情や友だちがなんなのかがわかってくるのです。

それでは私にとっての友情とは何？　やっぱり適確な言葉が思い浮かばないの

で、これまで私の友人たちがいってくれた言葉を書きながら考えてみます。

M子「私は江里子のこと、とっても愛している」。

彼女は学生時代からの友だちで、結婚してアメリカに住んでいるので、もう何年も会っていないけれども、いつも私のことを思ってくれていることが、手紙の短いメッセージからわかるのです。もちろん、私も。

A子「えりちゃんのこと、私のママの次に好きよ。生まれかわったら、えりちゃんの子どもになりたいわ」。

Tちゃん「会えなくても、元気にしていてくれたらいいよ!」。

Hちゃん「私たち、長いよねぇ」。

他にもたくさんの友だちからの何気ない一言が、私を元気にしてくれます。

パリに住むようになってからは、何年も会っていなかったり、会えても一年に一回なんてこともあります。

もちろん毎日メールをしているわけでもないし、でもみんな変わらずに私の傍にいてくれます。心の距離と物理的な距離は違うのです。

私にとっての友情は、友だちの人間性や環境を尊重した上で、相手を大事に思うこと。確認し合ったことはないのですが、友人たちもみんなお互いにこの姿勢

日本の友人宅でのディナー。友人がエッフェル塔をかたどったご飯でもてなしてくれました。

なのでしょう。だから続いているのだと思います。

他の人とのお付き合いにも共通していることですが、友人との間にはもっともっと深い何かがあるのです。

好きなこと、嫌いなこと、悩んでいること、夢見ていること、私は友人たちのすべてを知っているわけではありません。でも相手が話さないことを、あえて知りたいとは思いません。お互いの知らない世界があって当然なのです。

連絡をとらない時期があった友人もいます。でも、それは一時的なものでまた元に戻ることがわかっているから、今は離れていようと思っていました。なんでも思いや悩みを打ち明けるのが友情だとは思いません。一人でいたいという無言の言葉を発していたら、私はそっとしておくのが大人の友情だと思います。

でも相手が何か伝えたそうにしていたら、声をかけます。いつもＨＡＰＰＹでいてほしいなぁと願っています。大切な友だちの大切な家族の幸せも願います。うれしいニュースをたくさん、聞きたいと思います。

大人の女性の友情は、そっと、優しく続いていくのです。

最近パリでようやく、こんなふうに感じられる女性に出会いました。国籍の違う私たちがこれから築いていく先にあるものは、どんな友情の形なのでしょうか？

学生時代の友人がおいしいランチのテーブルに招いてくれた日の1枚です。

Chapitre 4

Le caractère des français

フランス人気質に触れて…

国際結婚の苦労と喜び

増加する国際結婚カップルの一人として思うこと

フランスで私の周りをちょっと見てみても、国籍の違うカップルはたくさん。本人だけでなく、その両親もお互いに国籍が違っていたり…。ということはハーフの人もクォーターの人も多くいます。いろいろな国の人たちがともに暮らす国です。その中では確かに〝奥さんが日本人〟という人は割合としては少ないですし、禅や武士道、盆栽、和食などのここ数年の日本ブームで、日本や日本人に憧れの気持ちを持っているフランス人が多いですから、日本人である私はどこに行っても歓迎してもらえるのは幸せなことです。

ただその分、日本文化や政治などについて、私よりも知識がある人たちが多く、鋭い質問を投げかけられて焦ってしまうこともよくあります。

ちなみに、今の日本では、20組に1組は〝国際結婚〟だそうです。

それでは皆さんは国際結婚にどんなイメージがありますか？　国際結婚の中でじつは日仏カップルの割合は全体的にはかなり高いと聞いたことがあります。もちろん、私もその中の一人。そして本当かどうかは別として日本人女性はフランス人男性との結婚に憧れを持っていると聞きました。

憧れを持って、そのためにフランス語を学んだり、フランス文化について知ろうとするのは素晴らしいことです。得た知識はすべて自分自身のものになるのですから…。ただ理想と現実は違います。ある方が「いかにも〝パリ〟であるカフェやマルシェでの中村江里子の写真にコメント。これがますます、パリへの憧れをふくらませる」というようなことを本に書かれていたそうです。

他にもフランス在住の日本女性でフランス人と結婚された方はいらっしゃるのですが、適齢期の女性読者の方にとって、年齢的にも生活的にも自分と近い私のコメントに、夢がふくらんでしまうのかもしれません。

〝パリ症候群〟という言葉が２００５年頃からフランスのメディアで取り上げられ、日本でも話題になりましたよね？　在仏20年以上になる精神科医、太田博昭博士がフランスで診察した日本人の症状から、こう名付けたとのこと。パリ症候群とは〝憧れを抱いてパリに住む日本人を襲う適応障害の一種〟だそうです。私はまだ読んでいないのですが、太田博士は、タイトルもまさにそのものである『パリ症候群』という本も出版されています。

「憧れ」プラス「現実」を冷静に受け入れることが大切

結婚に限らず、仕事や勉強に来仏した人たちも多いでしょう。

私はフランスは好きで、会社員時代から、たびたび訪れていましたが、フランス人と結婚してフランスに住むことになるなんて、それこそ0・5％も考えていませんでした。ですから、フランスでの結婚生活になんの憧れもなくパリに着き、目の前で起こるさまざまな現実にショックを受けることも多かったのですが、頭の中に夢を描いていなかった分、私には「これがパリ」と自然に受け入れることができたのだと思います。

むしろ最近のほうが、どうやっても埋まることのないさまざまな違いに悩んだり、日本を懐しんだりしています。

確かに毎日のように「愛しているよ」「君はとても美しいよ」などといってくれ、女性を尊重してくれるフランス人男性は魅力的です。親しい友人であるスペイン人のアナは「私はフランス人じゃなきゃダメ」と断言します。繊細で、時にはフェミニンすぎると感じてしまうフランス男性の優しさも、彼女を心地良くさせてくれるのだそうです。

でも生活をしていく上で、好きな彼のことだけを見ているわけにはいかないですし、彼の言葉だけが耳に入ってくるわけではないのです。いいところだけを見ているこどもできません。もちろん、どの国にいてもそうでしょうが…。

日本以外の国で仕事をしたり、勉強したり、生活をしたりすることは、その部分だけに焦点を絞って見ていてはいけないのですよね。もっと目を見開いて、その周りもよく見て、受け入れていかなければならないのです。

いかなる場合でも、フランス人は自分の気持ちに正直なような気がします。だから、自分の調子が良くなければそれを表に出しますし、良ければ満面の笑み。何度もいいますが、ムスッとしている人に会ってしまった日には、なんとなく一日中、イヤな気持ちになります。

心地いいのは、誰とでも気楽に、明るく挨拶ができること。日本や日本人に興味のある人が多く、そういう人たちと話をするのはとても楽しいのです。

フランスで生活をするというのは、決して楽しいことばかりではありません。でも、フランスの、パリの、日本にはない多くの美しく、優しく、心地いい部分が、ちょっとくじけた私の心を優しく包んでくれ、また気持ちが軽くなるのです。

文化も習慣も人間も、その国の歴史です。たかが数年で、そのすべてが理解できるわけなどないのだから…。そう思うと、私自身も気持ちが楽になります。

ママたちをサポートする制度があります

思いやりと確かな制度が安心感につながる

フランスの女性はおよそ82％が出産後も仕事を続けているそうです（2007年）。これは第1子の場合なので、子どもが増えればその割合は下がっていきます。子どもが5人いて仕事をしている友人もいれば、5人の子どもに自分の時間を費やしている友人もいます。これはすべて彼女たち自身の選択。

もちろん、フランスは育児に関してさまざまなサポートがあります。別の項目で触れましたが、まず、ヌヌやベビーシッターが気軽にお願いできるほど普及しています。そして、保育園や託児所。2歳児から6歳児までを対象とする保育園は、無料だったり、収入によって違いますが、かなり安いようです。

でも保育園や託児所はパリ市内でも区によってその充実度が違い、充実しているという理由で友人カップルの何組かが5区に、妊娠と同時に引越しました。ちなみに私の住んでいる区は保育園や託児所は不足しているので、息子は、3歳で幼稚園に入園するまで私とべったり一緒です。楽しいし、かわいいから、それは

ナツエが母の日に幼稚園で作ってくれたプレゼント。

それでうれしいのですが、時々、「週1回でも預かってくれる所があったほうが、息子のためにも、そして私にとってもいいのになぁ」と思うことはあります。

育児休業制度も、なんと産休明けから子どもが3歳になるまで、休職するか（もちろん、休職中は無給なのですが…）、パートタイムで働くかの選択ができるし、復職後も職場では前職あるいは同等の内容の仕事に戻れるので、「子どもか仕事」かという選択を迫られず、自由なのです。労働週35時間制、パート労働でも正規労働との均等待遇など、私的な時間の確保がしっかりとなされています。

育児への経済的な援助も充実しています。出産手当てに始まり、満3歳までの育児基本手当、働く親に対する育児手当や、ベビーシッターを雇う場合の補助金など、手当がたくさんあるのです（収入による規制もありますが）。子どもの人数によっても手当てやサポート制度が細かく分かれ、充実しています。このように制度が充実しているだけで、女性はあらゆることに前向きになります。

日本では出生率を上げるために制度を整えようとしているようです。それはとてもいいことだと思います。でも、それ以外にもじつはもっと大切なことがあると思うのです。それは〝女性に対する思いやり〟。

仕事をするのも、子どもを産むのもその女性自身。その女性のした選択をご主人、パートナー、家族、友人たち、社会は尊重し、ちょっと手を差しのべればいいと思うのです。「奥さんに家事と育児は任せっぱなし」はどうなのでしょうか？ご主人の仕事が忙しいのはわかります。でも、ほんの少し女性の気持ちを支えてあげるだけで、私たちはまた元気に頑張れるのです。

知人の日本人のご夫妻の話です。ご主人は「日曜日、僕が子どもを見ているから、買い物にでも行ってきたら？」と提案。

奥様のほうは、それでも出かけないそうです。彼一人に子どもを任せるのは心配だからって。でも、その一言で奥様はＨＡＰＰＹになったと思いませんか？

フランス女性のほとんどが仕事を持っていると思っていた私は、娘の幼稚園のママたちと話をしていて、意外と専業主婦が多いことを最近知り、驚きました。でも話をしてみると、みんな二人〜四人の子どもがいて、一人目あるいは二人目の出産を機に仕事を辞めていました。ただ全員、子どもたちがみんな小学校に入ったら、また仕事を再開したいわ！　と言い切っています。言い切るということは、仕事が見つけられるということ。確かに日本のように「アシスタント募集、28歳以下」なんて年齢制限はないように思いますから。それよりも人間性重視、実力重視のこの国では、自分のキャリアを生かせる場があるということでしょう。

左：５人の子どもがいる友人宅のコート掛け。
右：５人の子どもがいる友人宅の冷蔵庫。ドーンと２台！

イベント大好き国民の記念日

あなたのお祝いは、私のお祝いの国民性

仲良しのパトリス、ソフィー夫妻から、今年の結婚10周年のお祝いのイベントについての案内があったのは昨年の7月のことでした。なんと10年前の7月に結婚式を挙げたスペインのコルシカ島で、もう一度、友人たちを集めて10周年の結婚式をやるのだそう。さすがに教会での式はありませんが、ソフィーはまたドレスを着て盛大に行うそうです。

そして10年前と大きく違うのが、当時、出席者のほとんどが独身で子どもがいなかったのですが、今回はみんなファミリーで来るということ。

つまり二人はその日のために一年かけて準備をしているわけです。

これがパトリス、ソフィーのカップルの結婚10周年記念日の過ごし方。

なんていいアイデアなんだと触発されたシャルル・エドワードは、「僕たちもやろう！　また日本からもみんなに来てもらおう。すごいことになりそうだなぁ」と、自分の発案にすでにウキウキ。

「イヤよ」私の冷めた一言。

基本的にパーティが苦手な私は、特別なことはしたくないのです。でも、私の願いどおりになるかどうかは、この夏のパトリス、ソフィーのパーティー次第。

…ああ。元来、人が集うことが好きなフランス人は、何かにつけてパーティを開いているような気がします。

一番多いのがバースデイパーティ。特に30歳、35歳、40歳といった節目の年には、どこか場所を借りて100人近くが集まるようなパーティをしています。ちなみに会費制ではなく、招待する側がすべてを取り仕切ります。

そうでなくても、しょっ中、友人宅ではバースデイパーティが催され、お招きを受けます。もちろん、結婚記念日だけでなく、その他の二人だけの記念日、そしてバースデイにしても、二人だけでもどこかでお祝いの時を過ごしているとは思いますが、せっかくなら、みんなで楽しくしよう！　というのがフランススタイルなんでしょう。

ちなみに我が家の主な記念日は、それぞれのバースデイ（二人とも3月11日）、結婚記念日（9月15日）、そしてたまたま2月14日だったプロポーズ記念日。

2月14日はその年以来、プロポーズの場所となったレストラン『ル・ドワイヨ

クラブで行われた友人の40歳のバースデイパーティ。そもそもフランス人はイベント好きですが、節目の年のバースデイパーティはさらにブレイク！

上：昔ながらの田舎風の結婚披露パーティをみんなで楽しんで。
左：多くの友人が参加した、友人の実家で行われた結婚式。

ン』の同じ席で二人でランチをしてお祝いをします。

レストランの方たちも私たちのささやかな記念日を知っているので一緒に思い出話などしながら、お祝いをしてくれます。残念ながら、昨年今年と2年続けてこの時期にパリを離れていたので行っていませんが、たぶん、特別な場合を除いてはずっと変わらずに、私たちは2月14日には『ル・ドワイヨン』に行くのでしょう。

記念日にカップルたちがお互いに贈り合うプレゼントは、あまり高価なものではなく、気持ちを伝えるささやかな物が多いようです。セーターや靴、バッグ、ちょっとしたジュエリーや本、などでしょうか。私は、前回のノエルには帽子をプレゼントされました。

さて原稿を書いている今、恐怖なのは今年の3月11日の私の40歳のバースデイです。同じ誕生日で、2歳年下の彼は2年後の自分の40歳のバースデイは盛大にしてほしい！ と私にプレッシャーをかけています。

さて、私の40歳のバースデイ。「何をしたい？」と聞く彼に、「何もしなくていいから、静かに家族でお祝いしましょう」と説得している私。

しかし…。私が40歳になることを知った友人たちは「そりゃあ、何かやらなきゃ！」ととても張り切っています。

友人の実家の庭での披露パーティは大盛況。

もう忘れてくれていいからと願う私。フランスにいると、記念日は大騒ぎなのです。そう、記念日はもうその人個人のものという認識が薄れ、みんなが集うための口実と化しているようで、仲間の記念日は、みんなの楽しみとなるのです。

日本の行事を伝えていきたい

私は子どもの時からお正月が大好き。お正月の数日間は大好きな家族と一緒にいられるのがうれしくて、うれしくて…。何も特別なことはしないけれども、居間にみんなが集い、食べたり飲んだり、年賀状の整理をしたり。永遠にこの瞬間が続けばいいと思ったものです。残念ながら、私の子どもたちは、私の大好きなお正月の風景を、まだ日本で体験していません。

日本の年末年始の雰囲気は日本だけのもの。フランスで再現するのは困難です。ノエル（クリスマス）は盛大に祝うものの、お正月は一月一日だけがお休みで、一般的には二日からは通常どおり仕事をしているフランスですし…。

いつかは子どもたちとともに日本で年末年始を過ごしたいと思っています。新たに始まる一年に込める気持ちについても教えたいのです。

フランスにいて、日本の行事を日本と同じように行うことは不可能ですし、子どもたちがまだ小さいので理解をさせるのはなかなか難しいのですが、まずは雰囲気だけでもと思い、3月にはひな祭り、5月には端午の節句をやっています。

ナツエのひな人形は、祖母と両親からのプレゼント。毎年、玄関に飾っています。フェルディノンの兜は、祖母と母から。遠く離れた異国で暮らす娘の幸せ、孫たちの健やかな成長、さまざまな願いを込めてプレゼントしてくれた祖母や両親の思いも一緒に子どもたちに、伝えていきたいと思っています。

七夕は…。毎年、うっかり忘れています。お盆には亡くなった父やご先祖様のことを話して聞かせます。日本にいた時以上に日本のさまざまな行事を大切にしていきたいと思うようになりました。

そして改めて遠く離れたフランスで日本の行事を行う時、なぜそうするのか？その意味も合わせて伝えていかなければと実感し、しかし、私自身の知識がとてもあいまいであることに気づかされるのです。だって、お年玉をあげたって、私自身が、いつからどのようにしてお年玉の習慣が始まって、どうしてお年玉をあげるのか、その理由がよくわかっていないのですから…。日本の行事を知ろうとすると、自分の無知を思い知らされ反省するのです。まずは私が勉強しなくてはいけません。

帰国した時に娘と息子も実家で節分を経験！

ヴァカンス先の別荘は「知らない誰かの家」

質素、堅実、合理的な精神のフランス人

フランス人はヴァカンスのために仕事をするといっても過言ではないでしょう。なにせ、法律で年に5週間の有給休暇が義務づけられている国なんですから。とはいえ、我が家のように5週間とらない人も、もちろんいますよ。

この5週間のお休みのとり方は人それぞれです。夏に5週間まとめてという人もいれば、夏に3週間、ノエル（クリスマス）の頃に2週間という人もいます。連休などに合わせて1週間ずつという休暇のとり方もあるでしょう。

シャルル・エドワードは

「日本人だって休みが多いじゃないか！　祭日がしょっ中あるでしょ？」

と反論してきますが、いえいえ、祭日をすべて足したってフランス人の休暇の長さにはかないっこありません。

日本では、「休みを返上して仕事をしていた」というと、「すごいですね」などとほめられ、「お疲れさまでした」などとねぎらってもらえるでしょうが、フラ

ヴァカンス先のタイでゾウとのんびり。

ンスではそんなことをいおうものなら「変な人！」と思われること、間違いありません。休みをとらないなんて決して、ほめられたことではないのです。

パリに住み始めた時、私はよく彼に怒っていました。

「フランス人っておかしいんじゃない？　いつもヴァカンスの話ばかりして…」

だって、新しい年を迎えればすぐに、「今年の夏の予定は決めたの？」と聞かれ、9月、夏のヴァカンスが終わって久しぶりに顔を合わせると、話題はお互いのヴァカンスの報告ばかり。

最後には一言、「で、ノエルはどうするの？」

何もしないヴァカンスを楽しみに働く

ヴァカンスというと、華やかなイメージがあると思います。海外で何週間もホテル暮らし…なんて過ごし方ならばそうでしょうが、フランス人のヴァカンスは彼らの生活スタイル同様、質素堅実。

日本のように飛行機に乗らなくても、電車で、車で、簡単に他の国へ行けてしまうという地理的好環境にあるので、「海外旅行」も気軽に楽しめます。また、フランス人は自分たちの国が大好きだから、フランスのまだ知らない土地に出か

フランス人が好きなヴァカンスの過ごし方！

けたり、田舎の家でのんびりしたりと、お金をかけなくても十分に楽しむことができるのです。

田舎のファミリーの家で過ごすというのは日本人も同じですから、よくわかりますが、驚いたのは、〝他人の家を借りる〟こと。それも人に貸すために作られた貸別荘ではなく、普段は他の人が生活している普通の家だったり、誰かのセカンドハウスをヴァカンスの滞在用に借りるのです。

私には、いえ皆さんもそうでしょうが、自分が借りるにしても、貸すにしても見ず知らずの人が自分の、または他人の家で何日間も生活するなんて考えられないことではないでしょうか。

でもこれはフランスではポピュラーなんですよ。家の持ち主は、他の地方や逆にパリにヴァカンスに出かけていて、彼らもまた、他の誰かの家を借りて滞在するのです。貸すことによって入る利益は、ヴァカンスのための費用や家の維持費になります。

基本的にはきちんとエージェントが管理をしているのでなんのトラブルもないのですが、私の体験からいえば、借りた家には当たりはずれはあります。でも、フランスらしく非常に合理的で、楽しい習慣だと思います。

これまでのハズレはノルマンディーで借りた大きな家。子どもたちも含めて、総勢13人で滞在。でも、ほこりがすごかったり、ベッドは、壊れた軸をベニヤ板で補強しているので、フニャフニャで眠れなかったり…。当然ですが、田舎の家なので携帯電話は通じず、なぜか家の電話も使えませんでした。用事で日本とやりとりをしなければならなかった私は泣きそうになっていました。いえ、泣いていました。

ヴァカンス先では、数週間、友人の家族と一軒の家をシェアして借りて、地元のマルシェ（市場）で買った物でみんなで料理をしたり、プールサイドや芝生で一日中のんびり過ごしたり。そんな肩の凝らないヴァカンスの過ごし方をするのがフランススタイルかもしれません。

最近はアメリカ人とフランス人の間の見知らぬ者同士で〝家の交換〟というシステムもあるようで、何人かの友人がこのシステムでヴァカンスを過ごしました。何か特別なことをするのではなく、大好きな人たちとただ一緒にいる。あら、私の好きな日本のお正月の過ごし方と似ていますね。

そのことを楽しみにフランス人は仕事をしているのかな？　と思うと、フランス人を愛しく感じてしまいました。

フランス人が驚く「単身赴任」のシステム

「仕事だから、仕方がない…」という観念はフランスにはない

「個人主義」などといわれるフランス人ですが（いえ、実際にそのとおりですが）、家族と過ごす時間をとても大切にしていると思います。その背景には法律で定められている週35時間労働や、年5週間の有給休暇という制度もあります。

特にパリの人たちは週末を田舎の家で過ごすといったようなことがあるのですが、それは「そうしなければならないから」家族と過ごすのではなく、「その時間がHAPPYだから」家族と過ごしているんだという印象を強く受けます。

ここ数年で随分、変わったとはいえ、日本ではまだまだ週末にお父さんがお付き合いのためのゴルフに出かけることが多いようです。「付き合いだから…」とイヤそうな顔をしながらも、じつは楽しみだったりしているのでは？

フランスではお父さんが、週末におつき合いのゴルフをすることは100％ないと言い切れますが、仮にあったとしたら…。お父さんは、奥様と子どもたちを連れてゴルフ場に出かけるでしょう。

右：暖炉の薪ばさみやお掃除道具のセット。
左：暖炉にくべる薪もよく見れば芸術的!?

なんでもフランスのゴルフ場には、実際、子どもたちが楽しめるスペースがあるそうです。お父さんが仕事のゴルフの間、家族は同じ場所で楽しんで待っていられます。…といっても、この子どもが楽しめるスペースは、そのためにあるのではなく、お父さんが家族や友人という、プライベートでゴルフ場を訪れた際の子どものためにあるのです。

このゴルフの話は極端な例ですが、いずれにしてもフランス人にとって〝家族と過ごす時間〟を持つことがすべての原点にあるような気がするのです。

我が家でも、シャルル・エドワードが、つねに「家族」「家族」といっています。ちょっとでも私や子どもたちから自分が〝仲間はずれ〟状態になると、本気で怒り、本気で悲しんでいます。

そうそう驚いたのが、フランスには〝単身赴任〟というシステムはないんですって。彼が仕事上のお付き合いのある日本の会社の方と話をしていて、

「じつは今度、○○に転勤なんですが、妻は息子の学校のこともあって東京に残るんです」

と聞いて、耳を疑ったといいます。家族が離ればなれになるなんて…。しかも、そんなことをさせる会社も、それを黙って了解するのも変だと私に向かって、真

剣に訴えていました。

かくいう私も、小学生の頃、およそ2年間、父が名古屋に単身赴任していました。基本的には父が週末、東京の家族のもとに帰ってきていましたが、しょっ中母は、子ども三人を車に乗せて、5時間かけて名古屋に行っていました。

「だって仕事なんだから、寂しいけれどもそれは仕方がないんじゃない」

という私を、信じられないという顔で見る彼。

もちろん、日本人にとっても、いえ全世界の誰にとっても家族は大切な存在で、家族と過ごす時間がＨＡＰＰＹなのは当然のことです。でも、そんなに私に怒らないで!

知人のイタリア人男性は、待望の赤ちゃんを最近授かりました。彼は奥様と赤ちゃんと過ごす時間がもっとほしいと、長距離通勤をしながら長年勤めていた会社を、先日あっさり辞めました。

家族をとるか、仕事をとるかまでの切迫感はありませんが、人によって、また国民性によって、ほんの少し、仕事、家族の優先順位が違うのでしょう。ただ私が今、確信しているのはフランスでは多くの人にとって、ナンバー1は〝家族〟であることは間違いないということです。

商社マンだった父の転勤に伴い、タイのバンコクへ。末の弟はまだ生まれる前。

素敵なおもてなしができる女性

自分も楽しんでいる人のところへ人は集まる

しつこいようですが、私がパリに来て驚いたことの一つが、フランス人は、なんて人を家に招くことが多いのだろうということです。

じつは私は一人暮らしの経験がありません。結婚してフランスで暮らし始めるまで、祖母、両親、三人のきょうだいという大家族で生活していました。

学生時代まではサークルやクラスの友達などがみんなで我が家に遊びに来たことがありましたが、それは週末や学校がお休みの時といういわば特別な時だけですし、たまたま親しかった私の友人たちも家族と一緒に住んでいることが多かったので、私もそうそう気軽に友人宅にお邪魔をすることはありませんでした。

一人暮らしの友人宅には、男女関係なく友だちみんなが集まり、食事を作ったり、遊んだりしているのを見て、いいなぁと、そんな風景に憧れたりしていたこともありました。つまり私にとって、人が家に来るというのはそれほど日常的なことではなかったのです。

しかし、フランスという国は、人を家に招くというのは日常です。いったいどうしたらいいの？　とひたすら戸惑ったことはいうまでもありません。最初は慣れないのとびっくりしたので、「我が家でディナーをするよ。人数は10人だからね!」なんてシャルル・エドワードにいわれると、途端に不機嫌になったりもしました。

それは会話好きで、時間にはルーズというフランス人ゆえ、ディナーのスタートも終了時間もとても遅くなり、夜に弱い私には辛いということもあったのですが…。

人を家に招くのはディナーだけではありません。ランチ、カクテル、午後のお茶etc.…。友人たちは皆、気軽に声をかけてきます。フランス人にとっては生活習慣の一つなんですね。

ですから大きなアパルトマンであろうと、そうでなかろうと、人が集まる部屋だけはつねに整理整頓されていて、ふいの来客にだって動揺しません。

ちなみに、お招きを受けた側は、ワインやシャンパン、お花などを持ってお伺いする様子がよく見られます。我が家では最近は、私が『ルピシア』という日本の紅茶専門店とコラボレーションした紅茶や、彼が作っているブランドである『エヴィドンス　ドゥ　ボーテ』の香りつきのキャンドルなどを手土産とすることが多

ある日の友人宅でのディナーの席で。

いです。

おもてなしをする側は、お客様には気持ちよく、楽しい時間を過ごしてほしいけれども、あまり余計な気遣いはしない。もちろん、あれこれ考えますが、こんなものをお出ししてはお客様に失礼ではないかとか、テーブルコーディネートが完璧じゃないと、恥ずかしくて誰も呼べない…などといったことは気にしません。

そして、ホスト・ホステスがその場にいることが大切だから、二人のうちのどちらかがキッチンに入りっぱなしなんてこともありません。みんなと一緒になってワイワイ。もてなし上手な人は、楽しむことが上手な人。人が集うことが好きな人。そう思います。

私よりおそらく10歳ほど年上のオフェリーからのお誘いは、

「日曜日の夕方、チョコレートケーキを焼くからお子さんたちといらして！」

というものでした。

雨降る日曜日の夕方のオフェリー宅では、手づくりのチョコレートケーキ、フルーツサラダ、フルーツケーキ、そして、こっくりした濃厚なホットチョコレートが私たちを迎えてくれました。

私たちがお邪魔していた1時間の内にもいろいろな人が来たり、帰ったり…。

ほとんどが50歳以上の女性やご夫妻でしたが、あちこちに小さな輪ができて、会話を楽しんでいました。久し振りに顔を合わせた人たちもいらしたようです。「チョコレートケーキを焼くから…」そんなサラッとしたお誘いも素敵だし、気軽に、へんな気負いも気を使いすぎることもなく、ふらっと立ち寄る人たちも素敵だし…。もてなし上手な人のところには、もてなされ上手な人が集まるんだわと、一人納得した午後でした。

ごきげんな友人たちと我が家でのディナーの席で。お招きした友人たちと。一番下は場所を移して食後のお茶の風景。

医療機関は悩みの種です

病気になるのが面倒になる!?　医療システム

正直いいますと、まだフランスの医療システムが、よくわかりません。ただただ面倒くさいというイメージが強くあります。なぜかというと、フランスでは医療機関はすべて予約制。予約制だから基本的にはその時間に行けばいいはずなのですが、私はどこに行っても最低30分は待たされる覚悟をし、スケジュールを調整しています。

日本のように予約なしで病院に駆け込んで、結局、数時間待たされたというよりはいいのかもしれませんが、すぐに予約をとってもらえないこともあるのです。

緊急の時には受け付けてもらえるようですが、電話でその緊急性をうまく説明できなかったらどうしようと思うと、やっぱり直接駆け込みたくなります。

面倒くさい理由その2は、医療費の支払い方法です。日本では保険証を持参すれば、自己負担額のみ病院で支払い、差額は医療機関側が、それぞれが加入している各保険組合に請求をします。私たち患者はその後の手続きは必要ありません。

でも、フランスでは違います。

フランスでは、患者がひとまず全額、医療機関に支払います。すると、医療機関が、医療費の払い戻し請求用の用紙を作成して患者に渡します。患者はその用紙に社会保険番号など必要事項を記入し、加入している保険団体に提出。そして後日、ようやく自己負担分との差額が返金されるのです。

大した手間ではないのですが、日本に比べるとひと手間増えるので、なんだか面倒だわと思っていましたが、じつは日本のようなシステムのほうが世界の中でも珍しいのだと、先日、何かの資料で読みました。

その3は、システム。婦人科、眼科、歯科、小児科などなど、それぞれの、スペシャリスト（専門医）に直接予約をとって行けますし、保険の還付はありますが、基本的には還付を受けるためには、まず、ジェネラリスト（一般医）の処方箋が必要なのです。

どういうことかというと、たとえば胃の調子が悪いとしましょう。

直接、胃の専門医に診てもらうこともできますが、この場合は保険の還付はゼロ。まず、一般医の予約をとってその診察を受け、その上で専門医の予約をとって診察を受ければ、一般医、専門医の分、きちんと還付されます。

要は還付が受けられるか、受けられないかだけの違いですが、ここで一つ問題が…。スペシャリストは診療費が高いのです。特に業績のある医師は、国の協約で決まっている額よりも高い治療費を請求してもいいことになっているんだそうです…。

子どもたちを診ていただいている小児科の先生は1回100€《ユーロ》（日本円で約一二〇〇〇円）。娘、息子の二人を連れていった時は200€《ユーロ》！　二人とも生後～18カ月までは毎月検診に行っていました。幸いなことなのですが、毎回、一人一〇分で終わります。でも、100€《ユーロ》。

5歳になる娘は専門医のところへ行くのは現在、年2回の定期検診のみ。風邪などの時は近所の一般医のところに行きます。こちらは1回、35€《ユーロ》（日本円で約四二〇〇円）。私がお世話になった婦人科は1回70€《ユーロ》、産科は1回100€《ユーロ》。スペシャリストの医療費は高いので保険団体からの還付はほんの少し。しかもその差額については、社会保険とは別のプライベートの保険会社に加入し、そこから受け取ることになります（我が家はそうしています）。

その4。私はこれまでにホスピタルといわれる大きな総合病院に行ったことがないので、これは私の経験だけなのですが…。妊娠中、最初は婦人科の先生のも

THOMSON
MAIRIE : 01.40.72.16.16
RHINO
SOU RIS
Alert Service
No Smoking

我が家の冷蔵庫

とで毎月検診を受けていました。

毎月、血液検査があったので、その検査内容が書かれた紙や、エコグラフィーも婦人科の専門医に処方箋をもらい、それぞれ専門機関で検査を受け、その結果を持って、翌月、また婦人科を訪れます。

フランスのドクターは一般的にはキャビネと呼ばれ、アパルトマンの一室が診療所になっています。ですから、診療所は驚くくらいコンパクトで小ぎれいにまとまっているのです。

検査などは専門の機関でやらなければならないので、機器が必要ないからでしょうが、患者のほうは検診なども一日では終わらないので、なかなか大変です。エコグラフィーの予約をとって、血液検査に出かけて…。結果を待って婦人科の予約をとって、それを持参するわけです。

まだフランス語に不慣れだった時は、予約の電話をかけるのも負担だったくらいです。考えてみれば、各部門の専門家に診てもらっているわけですから、とても心強いのですが、今日はこっち、明日はあっち…というシステムには、なかなか慣れないでいる私です。

ちなみに人間ドッグは、私は日本で受けています。

フランスの辞書には「我慢」という言葉がない……!?

テレビドラマ『おしん』は中国で流行ってもフランスではウケない!?

パリに住み始めた頃、つまり今から7年ほど前、お仕事でお世話になったパリ生まれパリ育ちの日本人青年と話をしていて驚きました。どうしてそのような話になったのかは忘れてしまったのですが、彼が、

「『我慢』という単語はフランス語にはありませんよ」と。

確かに私の持っていた和仏辞書には「faire effort」(フェール エフォー)と書かれていましたが、これは「我慢」と訳すより「努力をする」と訳すほうが的確でしょう。他にも辞書には「我慢」に相当する単語や言い回しがいくつかあるのですが、日本人の精神に根ざしているニュアンスとは違うようです。つまり、「我慢」という、日本人であれば誰でもわかる感覚が、フランス人にはいったいなんであるのかわからないということになるのです。

私が出産した時のエピソード。分娩室で陣痛の痛みに耐えていました。当然ですよね。私の中では、痛いから声をあげるなんていう考えは毛頭なく、「くぅ〜」

と声をもらしながら、時折、そばにいる彼に「痛いよ〜」と訴えながら、ひたすら我慢をしていました。

声をあげない私に助産婦さんたちは、まだ痛くないのだと思っていたのでしょう。Ça va?」(サバ?=大丈夫? の意味)と聞かれても、ついつい「ウイ、サバ(ええ、大丈夫よ)」と答えてしまう私。そこに担当の先生が入ってきました。

ずっと私を診察して下さっていたその男性の先生は「まったく、エリコ〜。痛いならいわなきゃダメだよ。本当に日本人は〝これ〟なんだから」と。ちなみに〝これ〟といった時に、先生はタオルを噛み締めて、必死に耐えている形相をしてみせました。出産後もこの話題になったのですが、その先生の日本人に対するイメージは〝これ〟だったようです。

痛いなら痛いというのが当たり前。小さい痛みだろうが、大きい痛みだろうが、です。それがフランス人。「我慢する」ことは、痛みに限らず、あらゆる場面で生じます。日本では『我慢する』ことは大切で、日本人の美徳でさえあると思うのです。

でも、ふと思いました。日本で、よく耳にする「私さえ我慢すれば…」という言葉。自分の感情を抑え、自分は辛く思い悩むことがあったとしても、私が我慢をすればうまくいく…。家庭で仕事で女性がそうせざるをえないことが、多々あるのではないでしょうか？

丸く収まるのなら私一人がイヤな思いをしても大したことじゃない…。私自身も、かつてそういう経験をしています。

でもフランスに住み始めて「我慢」に対する感覚が変わってきました。

今でも痛みを我慢することはできます。日本人としての持って生まれたものがそうさせます。けれども、納得のいかないことには我慢をしなくなり、相手にそれを伝えるようになりました。我慢することが、相手にも私にも真の解決にはならないことがわかりましたし、何より相対するフランス人が我慢をしないのですから、お互いに吐き出すのが一番だと思ったのです。

その代わり、お互いにその場で納得するまで感情を吐き出してしまって、後々まで引きずったり、陰口をたたいたりということはしません。

別の項目で「フランス人女性は自由」と書きましたが、たぶん、我慢をせずに感情を「自由」に解放している彼女たちは、だからこそエネルギッシュで、やはり自由なのでしょう。

日本語にあって、フランス語にないもの…きっとまだまだあるんでしょうね。

子どもたちに語り継ぎたいこと

4世代家族が同居する中で教えられたこと

私が両親や母方の祖母、そして私が高校一年生の時に亡くなった同じく母方の曽祖母から教えられたことはあまりに多くあり、そして言葉で表現するのが難しいことも多くあります。

一つ屋根の下、4世代が一緒に暮らすというのは私が子どもだった当時も珍しかったのですが、今ならもっと、びっくりされてしまうでしょう。

ともに生活するということは、言葉で「○○しなさい」「○○はダメ」といわれなくても、肌で感じ学んでいけるということです。

言葉遣い、目上の人を敬うということ、お年寄りをいたわる、身だしなみ、姿勢、礼儀、食事の作法、優しい心遣い、人の悪口をいわない、家族の有り難みを知る…書き切れないくらいあります。

心臓が悪く、家から出ることのなかった曽祖母は、いつも浴衣を着て、ベッドに横になっているか、居間の椅子に静かに座っていました。それでも曽祖母の浴衣の胸元がはだけているのを、私は見たことがありません。身支度を気にすることができないほど、身体がきつくてたまらないことも、また、身を横たえているうちに自然とはだけてくることもあったでしょうに。いつも気にしていて、つねにピシッとしているのです。

白髪の混じった美しいグレーがかった髪をゆったりと、でもきちんと結い上げていて、優しく穏やかに微笑んでいました。そしてなんといってもその品の良さ！　子ども心にもなんて美しいのだろうと思っていました。

「言葉」ではなく「心」で伝えていきたいこと

そんな曽祖母を支えながら、家業である銀座の楽器店に毎日スーツ姿で出かけていく祖母。お嬢様育ちだった祖母が、ある日突然、本人の意思とは関係なく経営者の任を担うことになったのです。イヤな思いをたくさんしたはずだと周りの人たちから聞きました。

でも祖母が他人のことを悪くいうのを一度も聞いたことがないですし、いつもおっとり、ふんわり。かなり浮き世離れしている祖母ですが、ここぞという時に表に出てくる芯の強さは見習いたいものがあります。

女四世代で旅行をしました。祖母、母、私、そして、妹と私の娘で。

今は背中もずい分、曲がってしまっていますが、祖母の放つ雰囲気は多くの方から「なんてスッとしていて、たたずまいの美しい方なんでしょう」といっていただけます。自慢の祖母です。

両親のことについて書くのは難しいです。原稿用紙が足りなくなってしまいそう…。

お酒が入らないとおしゃべりにならない父からは真面目、正直、誠実、静かなる優しさ、おしゃれ心について教えてもらったと思います。

パワー溢れる母からは、思いやり、奉仕の心、平等、自分だけではなく周りの人たちもＨＡＰＰＹになるように考え、行動することを身をもって示してもらいました。

人からの評価はわかりませんが、私は、自分自身がこの人たちの血を受け継いでいることを誇りに思っていますし、それが自信につながっています。また、この人たちに愛されて育ってきたことが、どんなに苦しく辛い時にも、自分を見失わず踏みとどまることができるパワーとなっていることを感じます。

私の子どもたちは半分フランス人。でも確実に私の愛する人たちの血を、彼らもまた受け継いでいるのです。私が学んだことは、国籍や住む場所に関係なく、

曽祖母と私たちきょうだい三人で。私の七五三の日に。

大切なことだと思っています。人間として必要なことです。

そしてそれらは言葉ではなく、感じとるものだと思っています。残念ながら曽祖母と父はもういませんが、今の私にできることは、とにかく祖母や母をはじめとする家族とともにいる時間をできるだけたくさん持つこと。

ある日、娘が、彼女が1歳になった時に亡くなった私の父について、急に母に質問していました。

「ねえミーマ（娘は母のことをこう呼びます）、ピーパ（父のことです）はどこ?」

そして今朝、娘がクリスマスソングを聴きながら私にいいました。

「ママ、ナツエはピーパのこととても好きなの。ピーパは今は神様と一緒にいるのよね?」

私が子どもたちに伝えたいことは、素晴らしい家族がいるということ、そして家族を深く愛するように、多くの人にも深い愛情を持って接してほしいということだけかもしれません。

ノエルの楽しみ

お雛様の飾り付けに似ているサントンの飾り付け

この文章を書いている今、あと数日後にはノエル（クリスマス）となります。娘の幼稚園も今日が終業式で、２週間のノエルのヴァカンスになります。

やはりフランス人にとって、ノエルは一年で一番大きな、そして国民のおよそ80％がカトリック信者のため、宗教として大切な儀式です。さらには家族を何より大切に思っているフランス国民のため、一族が揃うノエルは重要なイベントとなります。

世界的な不景気といったって、さすがにこの数週間は、道行く人たちは何かしら買い物をしていて、ノエルに備えています。

日本でもクリスマスはとても大きなイベント。ツリーの点灯式や華やかなイルミネーションがニュースで取り上げられ、各家庭でツリーが飾られていることでしょう。東京の実家でも子どもの頃は毎年のようにツリーを出していました。それは作り物の組み立て式のツリーではあったけれども、もしかしたら、サンタクロースに今年は会えるかもしれないという淡い期待とともに眺めていました。

パリに住み始めて、11月中旬くらいから、お花屋さんでＳａｐｉｎ Ｎｏëｌ（サパン ノエル）と呼ばれるモミの木の販売が始まるのには驚きました。そう、本物のモミの木にデコレーションをするのです。店先で大きさや形をいろいろ吟味して、家に持って帰ります。今では、家にモミの木を飾って、その香りを感じてようやく「あ〜ノエルになる」と実感するほどです。

そして娘が産まれた翌年からはＳａｎｔｏｎ（サントン）も飾るようになりました。サントンというのは、プロヴァンス地方に伝わるキリスト降誕場面を示す土製彩色人形で、クリスマスの飾りとして使われます。

友人のパトリス宅に行った時、彼の家は玄関を入ってすぐの部屋にビリヤード台があるのですが、なんと、その台いっぱいを使って降誕場面が表現されていました。百体を超えるであろうサントンでした。

山があり、川があり、人々が生活する小さな村があって…。そこの馬小屋でイエス・キリストは生まれたという、一つの世界ができあがっていて、感動しました。サントンの古い物は、ひいおじい様の代からのものだそうです。

そして、この時はじめて知りました。小さいサントン人形たちは、大切に代々受け継がれていく、日本でいえば、ひな人形や五月人形のようなものだと。違うのは、受け継いだ物にさらに買い足していくことができるということ。

イエス・キリストやマリア様、馬小屋、三人の遣いなど主要な人物はすでに我が家にあったのですが、先日、さまざまな職業の村人たちと、動物、そして子どもたちに楽しんで一緒に飾り付けをしてもらいたかったので、小さい女の子と男の子を購入しました。

娘に「この子はナツエ」、息子に「この子はフェルディノン」といってプレゼント。二人とも自分をどこに飾ろうか大騒ぎ。飾り付けどころではなくなってしまいました。

サントンもツリーのデコレーションも、飾る時期が過ぎれば、また一つひとつ薄紙に包んで箱に詰めていきます。時間もかかる大仕事ですが、家族の健康や世界の平穏を願いながら黙々と片づけていく時の気持ちは、毎年とても清々しいのです。

ひいおじい様の代から受け継がれている友人宅のサントン。

フランスマダムたちは年齢をどう考えているのか

年齢を重ねるごとに素敵になっていくフランス女性

じつはこれまでにフランスの女性たちと、年齢について話し合ったことがないのです。さらに、随分長い付き合いになるのに相手の年齢を知らないことのほうが多いということも、あらためて、気がつきました。

私の印象では、年を重ねていくことをごく自然の現象として受け止めているので、特別、話題にするほどのことでもないという感じです。

もちろん、フランスにも実年齢よりも少しでも若く見せるために、顔や体に外科的な手を加えていたり、お手入れに精を出している人たちもいることはいます。

でも私の友人・知人たちの多くは「このシワ気になるのよねぇ」と、口ではいっていますが、その口調からそのシワが彼女たちの人生にとって、マイナスになる厄介者とはまるで思っていないことがわかります。

やはりフランスは、大人の女性が育っていく土壌が豊かなのでしょうか。

そして、ただいたずらに時間が経ち、年をとるのではなく、「自分のために生

大学生時代の私。

きている」という実感のもと年齢を重ねているといった女性が多いのです。その充実感や経験が、シワやシミなんて気にならないものとしているのでしょう。

むしろその人の魅力として私たちに映る、華やかで豊かな雰囲気を醸し出しているように思います。

ただ、一言付け加えますと、フランス女性みんなが素敵なわけではありません。「絶対にあの人のようにはなりたくない」という女性も、残念ながら、たくさんいます。

たとえば、車を運転していて、強引な割り込みやマナーに反する駐車をしたり、小さい子どもを連れていても目の前でスピードをあげたりと、意地悪なのはたいてい女性ですし、窓を開けて隣の車を汚い言葉で罵ったり、指を立てて威嚇したりしているのは、一見、見かけは美しく見えるマダムだったりします。こういう年の取り方はしたくないなと思います。

それから、最近もう一つ思うことがあります。日本でいわれる「おばさん」という言葉の存在が、もしかしたら多くの日本女性にとって、年を重ねることを拒否したくなる気持ちを起こさせてしまうのではないか、ということです。みなさんはそう思いませんか？

「おばさん、おじさん」は日本語として正しいのに、身内の「おじ」、「おば」を意味する以外はいつの頃からか、そこに含まれる意味がネガティブになり、嫌われ者の言葉になってしまいました。

変な話ですが、私は小学生の頃から面識のある人たちに対しては「○○のおばちゃま、おじちゃま」、あるいは「○○のおばさま、おじさま」と呼んでいました。その呼び方は、今でも変わりません。子ども心にも「おばさん、おじさん」という音の響きがあまり好きではなかったのです。自分でも不思議です。

マドモアゼルよりマダムと呼ばれたい

さて、フランスに住んで8年目。今のところ、一般に女性を呼ぶ時に「マダム」「マドモアゼル」以外の言葉を聞いたことがありません。もしかしたら日本の「おばさん」にあたる言葉があるのかもしれませんが、まだ耳にしていないので…。「マダム」と呼ばれるとうれしくて背筋がすっと伸び、「マドモワゼル」と呼ばれると、若く見られてうれしいというよりも少し複雑な心境になってしまいます。

マドモアゼルは「お嬢さん」という意味です。あくまで私個人の感じ方ではありますが、やはり、大人の女性として見られたいと思えば、「マダム」と呼ばれるほうが、うれしいことなのです。単純ですが…。

ただシャルル・エドワードが、レストランやカフェなどお店で働く女性に対して何かを頼む時には、どう見てもマダムの年齢の方にも「マドモアゼル」と声を掛けたりすることもあります。こんな時、女性側も喜んでいる様子があるのですが、私がいったら、きっとうれしくないでしょうね。私も少しフランセーズになったのでしょうか？

では40歳を目前にしての私は…

この本が出版される頃には、私は40歳になっています。30代から40代になるその日、私はいったいどんな気分なのでしょうか。

社会人になった22歳の頃から、私の目標はつねに「素敵な50歳」でした。

きっかけは母や母の周りの女性たち。その頃、母はまだ40歳代の後半でしたが、仕事もボランティア活動も家事も、そして友人たちとの付き合いもじつに楽しそうにこなしていて、体中からエネルギーが溢れ出ていたように思います。

私も、身近な年上の女性である母を通じて、現状に甘んじるのではなく年齢を重ねるごとに素敵になっていきたいと強く思ってきました。若さは人間にとって、女性にとって大きな魅力です。でもそれは永久には続きません。むしろ短い命。

若さの魅力を存分に生かして楽しむことは悪いことではありませんが、楽しみながらも先を見すえていなければ、人としての成長はありえません。

今でもそうでしょうが、アナウンサーは当時女性の花形職業といわれていました。確かにテレビという、一見華やかな世界に身を置いていましたが、私たちは一会社員でした。一般企業の一社員が、テレビに出ている。でも、世間の見方と自分の思いに大きなギャップがあることがわかっていたからこそ、より地に足を着けていこうと思えたのです。

女性として人間として、周りに振り回されることなく〝私は私〟といえるようでありたい。そんなしっかりした自分が確立できるのは35歳くらいからだと漠然と、でもきっぱりと感じていました。

20代の私にとっては、素敵な50歳は遠い将来のこと。まずは、35歳を目標に、20代はその種まきの時期としてがんばろうと思っていました。

実際に35歳になった時、結婚して、娘もいるのに想像していた35歳よりも、自分がまだまだ未熟であることにがっかりしました。成熟して穏やかな優しい、それでいてしっかりと自己を確立した大人の女性になるには時間がかかるのです。

やはり、それは50歳なんだろう。そう思わされました。

37歳を目前に、突然、年を一つ重ねることに抵抗を感じました。彼は「初めて、あなたが年を重ねることにネガティブになっているのを見た」と驚いていました。

原因は今でもわかりません。

38、39歳、より成長していきたいという思いとともに、誕生日を迎えました。

そして間もなく40歳。目標とする50歳まで、あと10年です。このままでいいのだろうかという焦りが出てきています。知らないことが多すぎるし、人間としてもまだまだ未熟だと自分でも感じるのです。

だから、課題がいっぱいの40代。

○今よりも、時間を上手に使いたい。
○今よりも、自分のための時間を有効に使いたい。
○今よりも、素敵になっていたい…。

毎年、ふと気がついたら誕生日になっていましたが、40歳を迎える今年の3月11日は、ささやかだけど自分のためにスペシャルな何かをしてみようと思います。

大人の女性を大切にする国

大人の女性を魅力的にするのは男性にかかっている！

もしかして、女性がこれだけ「自由」でいられる国はフランスだけかもしれない…。フランス人の、私よりも年上の女性たちと話をしていると、そう感じます。

でも「自由」であるということは、決して「楽」だということではありません。「自由」であるためには、自分自身に責任を持たなければならないと思うのです。

責任を持つということは、自分がどうするべきなのか、何をしたいのか、何を思っているのか…。自分と向き合い、自分自身で答えを見つけ出さなければならないということでもあります。

そうして年を重ねてきた女性が、「大人の女性」として、華やかで強い大人の美しさを、フランスという国の中で思う存分、主張しているように思います。

主張ができるのは、それを受け止める土壌があるからでしょう。

「女性は○○でなければならない」という決めつけがフランスにはないから、私たちは人としてどうありたいか、何をしたいのか、自分の好きなように選択ができるのは素敵なことです。

フランスの女性たちと会うと、私は誰よりも自分が一番年下のような気がしてしまいます。図々しいですよね。

もちろん、顔の造作や体型など、日本人女性とフランス人女性では大きな違いがありますから、彼女たちのほうが大人っぽく見えるということもあります。それ以上に話をした時に受ける印象が、さらに彼女たちの年齢を引き上げるのです。私より10歳年下の女性でも、私より上に感じてしまうのです。

正しい正しくないかをクヨクヨ迷ったりせずに、その時点での自分の考えを自分の言葉で伝える彼女たちの姿からは〝自信〟を感じます。時にはそれがあまりにも強く表れすぎていて、思わず後ずさりしてしまうほどに圧倒されてしまうこともあります。でもその「強さ」もまた、大人の女性だからこそ持てるものなのかもしれません。

残念ながら、日本はまだまだ「かわいい」文化ですよね。もう立派な大人の女性であるような人が、〝若く見せる〟ための格好をして、今時の流行り言葉を口にしたりしています。これではせっかくのその女性の持つ〝大人の魅力〟を自ら封印しているような気がします。

フランスでは、少なくとも私の周りの人たちは男女ともに、女性だけでなく人は、年を重ねるほどに魅力を増すものだと言い切っています。

先日、彼が私にいいました。

「僕はあなたと会った時から確信していたよ。あなたは10年後、20年後、年齢を重ねるほどに、人として美しくなっていくと…」と。

「愛している」とか「きれいだね」という言葉よりも強く私の心に残り、うれしいのと同時に自分に自信が持てました。私は年齢を重ねるごとに良くなっていきたいと思っていたから…。

20代の頃からそう強く思っていた私にとってフランスという国は、思いっきり飛び込んでいける広い胸のようなところかもしれません。

中村江里子 (Eriko Nakamura)

1969年東京都生まれ。立教大学経済学部卒業後、フジテレビ・アナウンサーを経て、フリー・アナウンサーとして活躍する。2001年にフランス人と結婚し、生活の拠点をパリに移す。妻であり、二人の子の母であり、自分のペースで自身の仕事も続けている姿は、いつもたおやかで美しい。その姿に憧れる女性は多い。現在はテレビ、雑誌の仕事に加えて、執筆、講演会等でも活躍中。著書に『中村江里子の毎日のパリ』(ＫＫベストセラーズ)、『エリコロワイヤル Paris Guide』(講談社)、『エリコ・パリ・スタイル』(マガジンハウス)、『中村江里子 パリマニア』(阪急コミュニケーションズ) がある。

STAFF

デザイン ◉ 浮須芽久美（フライスタイド）
撮影 ◉ 小野祐次（France）
村上悦子（Japan）
中原ノブユキ（Japan）
本文写真 ◉ 中村江里子と周りの人々
ヘア＆メイク ◉ セ川マナ美（France）
矢澤康隆（プラスチック）（Japan）

中村江里子のわたし色のパリ

2009年3月24日初版第一刷発行
著者　中村江里子

発行者　栗原幹夫
発行所　KKベストセラーズ
〒170-8457東京都豊島区南大塚2-29-7
電話03-5976-9121
振替00180-6-103083
http://www.kk-bestsellers.com/

印刷所　近代美術株式会社
製本所　株式会社積信堂
電飾製版　株式会社三協美術
ISBN978-4-584-13139-8 C0095